植物忌

星野智幸

朝日新聞出版

植物忌　目次

装画
瀬川祐美子

装幀
鈴木千佳子

植物忌

避暑する木

百合男が赤い落ち葉だけを踏むことに気を取られて下ばかり見ていたら、停めてある赤い車のタイヤの陰に潜んでいるものと目が合った。

「あっ」と漏らした百合男の声が合図だったかのように、その子犬はよちよちとタイヤの陰から出てきて百合男に歩み寄り、きゅうきゅうと声を漏らしながら五歳児のぷくぷくした足に体をすりつけ、ふんふんとふくらはぎを嗅いだ。

百合男はしゃがんで子犬をなでた。子犬はひどく震えている。なでられるとつむる目のまぶたまで、震えている。白地に少しだけ黒斑があって、パンダ模様に見えなくもない。

「えらくおののいてるな」と父が言った。

「おののいてるって、何」と百合男は聞いた。

「怖くて震えてるってことだよ」。父の声は上ずって甘くなっている。

「かわいそうに、捨てられたのかな。君は捨てられたの？」。母もベタベタに甘い声で子犬に話しかけ、背中をなでる。

「こんなところに捨てるかなあ」。父があたりを見回す。

荒れた林の中だった。親子三人とも杉花粉症の三ツ葉家は、春の連休に花粉を逃れて宮古島に来ていた。曇りや雨の日が多いが、マスクをしないで思う存分外気を吸えるというだけで、気持ちが解放される。

この日は適当に車を走らせ、目にとまった寂れた遊歩道を散歩し、とりたてて特徴のない雑木林に行き着いたのだった。その林のただ中に、なぜか乗用車が駐車してあり、その車の下から足元もおぼつかない赤ちゃん犬が這い出してきた。

百合男は自分も転がって、子犬にくっつくように抱いた。子犬は震え続けながらも嫌がらず、百合男に身を寄せ、百合男の鼻をなめた。百合男は胸の奥からすごく気持ちのいい液体が湧き出すのを感じ、笑いが止まらなくなった。抱きながらなでると、子犬は目をつむってさらになめてくる。子犬の温かい息がかかるのが、嬉しくてたまらない。

「お父さん、この犬、連れてっていい？」

「ダメでしょう。こんな人のいないところに捨てないだろうから、迷子になったんじゃないかな。この車の人のワンちゃんかもしれない」

「こんなまだよちよち歩きの子犬が迷子になる？」。母が言う。

「迷子、かわいそうでしょ。このまま置いてったら、死んじゃう」。百合男はもうベソをかき始める。百合男は泣きやすい子だった。

「だけど、もしよそんちの子だったら、うちが連れて帰ったら人さらいになっちゃうよ。自分の飼ってるワンちゃんが迷子になって、そのまま誰かに連れ去られて帰ってこなかったら、飼ってる人は悲しいでしょ。お父さん、そんなことはできないな」

そう言われると百合男はしょげてしまう。

林の木々の高い梢《こずえ》から、カラスが鳴き交わす声が響く。そのさらに上空からは、トンビのピーヒョロヒョロヒョロも聞こえてくる。

百合男が抱いてなでているうち、子犬の震えが治まってきた。子犬は百合男のポークビッツみたいな指を、ハフハフ言いながら甘噛《が》みし始めた。百合男は自分がとろけていく喜びに溺れ、きゃあきゃあと笑いながら子犬に頬ずりする。

「お父さん、いいでしょ？　離れらんない」

百合男は嬉し泣きするような声で懇願する。父は弱り果て、「うーん、どうするかなあ」との呻《うめ》きを繰り返すばかり。母は、「私は捨て子だと思うな」と言う。

父の迷いは長すぎ、百合男は子犬へ集中して感情を注ぎすぎて疲れ、横たわって子犬を抱いたまま眠り始めた。すると、その感情の落ち着きが移ったのか、子犬も百合男の腕の中でとろんと弛緩《しかん》し、薄目を開けて眠りに落ちた。

寧子《やすこ》が夫をつついて、その姿に注意を促す。

それは希少な同じ種類の生き物が、この広い世界でようやく出会えて、安心して眠っている姿だった。

「これが偶然に見える？」と寧子は尊《たける》に言った。「運命でしょ」

尊は呆《あき》れたように首を振り、「寧子は何でも運命にするからなあ。ウンミョン、ウンミヨン。韓流ドラマに洗脳されすぎ」とつぶやく。

「そのほうが人生楽だよ。タケちゃんも、いちいち言い訳考えない。この姿見て、タケちゃんは二人を引き離せる？」

離せるわけない、と思うが、飼い主と引き離すのも同じぐらい残酷じゃないか、とも思う。

「運命、運命」。寧子がもう一度言う。

「ほんと、お気楽だな。決める責任は俺が負えってことか」

「そんなこと言ってない。責任は私だって負うよ。タケちゃんこそ、あれこれ考えすぎて、責任をできるだけ小さくするほうに流れて、結局、つまらない守りの人生送るんだから」

「じゃあ、寧子と家族になったのも、つまらない守りの人生だって言うの?」。感情を害した尊は、極端な言い方をする。

「違うでしょ。運命に従ったから、ワクワクすることになったんじゃない。私たちの出会いは運命。ユリちゃんとワンちゃんの出会いも運命」

「もういいよ、それで」

運命論者に理論派が弱いのは、運命論者はいわば信仰に支えられてるからなんだよな、信じた者勝ちだな、と尊は毎回思う。

目が覚めても隣に子犬がいて、百合男は自分の体がひとまわり膨らんでいくような充実を覚える。

子犬は車に乗せられるときも、ケージに入れられて飛行機に乗るときも、新しいうちの中に放たれたときも、震え続けた。

「ずっとおののいてるね。だからオノノンに決まった」と百合男は思いついて言った。それで子犬はオノノンと呼ばれた。

オノノンは一週間もたたずに三ツ葉家に慣れて、おののかなくなった。

百合男とオノノンはきょうだいのように育ったが、どちらが上とか下とかもなく、ケンカもせず、きょうだいというより分身と表現したくなる。生えてきた途中で二股に分かれたエリンギとかシメジみたいに、いつも二人は身をくっつけ合っていた。二つだけどもともとは一つ、という感じが漂っていた。その睦まじさは、親たちには説明のできない領域だった。オノノンと百合男は、余人には不可能な範囲まで互いの感情を理解し、寄り添うことができるのだ。

父は、百合男が保育園の友だちと仲よくなれずにオノノンとばかり遊んでいることを心配し、このままでは社交性が身につかなくなると危惧し、もっと友達とも遊ぶよう仕向けたりしたが、無駄だった。オノノンを連れ帰ったことを後悔し、妻に当たったりした。けれど寧子は、「人生でこんな深い絆持てること、そうそうないよ。ユリちゃんは幸運なんだよ。素直に息子の幸福を喜びゃいいじゃない」と、尊をたしなめた。寧子はわかってないだの何だの、尊はぶつぶつと口の中でつぶやいていたが、むろん寧子は馬鹿らしいので取りあわない。

百合男とオノノンの仲は、小学校に上がっても変わらなかった。クラスに友達もできて、放課後に遊ぶ時間も増えたが、どんなときもオノノンは一緒だった。友達かオノノンかを選ばなくてはならないときは、迷わずオノノンといた。近くの原っぱで二匹がワンワン鳴き交わしながら走り回っている姿は、近所の人にとって原風景となった。外猫とカラスとオノノンと百合男がいる光景。かつては植木業の町で、今は宅地開発が進み、買い取られたまま売れずに原っぱとなっている土地がたくさんあったころだ。あまり見かけない、葉っぱの大きな熱帯っぽい雑草がたくさん茂っていた。

その幸福はあまりにも濃すぎたから、短かったのかもしれない。百合男が小学五年生の夏、若くして癌《がん》になったオノノンは瞬く間に亡くなってしまった。百合男は毎日起きている間じゅう、初めて出会ったときのように、弱って動けないオノノンを横たわって抱きかかえなでた。オノノンの腹の膨らんだり縮んだりが徐々に止まり、力が地面に溶け出して体が萎《しお》れたようになり、少しずつ冷たくなっていくのと同時に、百合男の息も止まって冷たくなっていくような気が、寧子はした。何しろ、百合男の頭と心は、オノノンの体の中にあるのだから。

でも、百合男は動いていた。息をして、胴が膨らんだり縮んだりし続けていた。オノノンの頭と心も、百合男の中にあったから。それが百合男を動かしていた。

「悲しいときは思いっきり泣いていいんだぞ」と父はボロボロ泣きながら言った。でも百合男は泣けなかった。悲しい、というのが、どういうことなのか、わからなかった。自分は半分になってしまったので力が出ない、とただ思った。これからは走る力もご飯を食べる力も考える力も笑う力も、全部半分なんだな、と悟った。半分人間だから、もう普通の人とは違うんだ、と。それを忘れてはいけない、と。

きちんとしたお墓を買ってあげようと言う父に対し、百合男はオノノンを庭に埋めると言い張った。それは法律に違反してるかもしれない、と父が言ったら、母が「つまらない人」と軽蔑し、父は不機嫌に黙ってしまった。それで百合男は母に手伝ってもらいながら、オノノンを庭の隅に埋めた。ウジが湧かないように、できるだけ深く。この上には、何か食べられる野菜を植えようと思った。

その翌々日の土曜日、朝から植物の殿堂「からしや」安行店《あんぎょう》に出かけていた父は、顔を上気させて、「いいの見つかったぞ」と小さな鉢植えの木を百合男に見せた。

「何て木だと思う? 『をの木』っていうんだ。おののき、みたいだろ。きっとオノノンの生まれ変わりだよ」と言い、妻のほうを向いて「これぞ運命の出会いだ」と胸を張る。

「オノノンが生まれ変わるわけない。死んだ生き物は生まれ変わらない」。百合男はシラけたように言った。

「いいんだよ、お父さんが生まれ変わりだと思えば、お父さんにはをの木がオノノンに見えてくるんだから。心の問題だよ」

「ぼくにはそんな問題はないから、わざわざ自分をごまかす必要はないよ」

「まあ、何でもいい。とにかく、この木をオノノンのお墓に植えてやろう。実もなるらしいから」

「食べられるの？」

「どうだろうな」

「そこ、重要なんだけど」

「なるほど」スマホでをの木を調べていた母が、秘密めいた笑顔でうなずき、「できてからのお楽しみにしよう」と提案した。

百合男もうなずき、「をの木って、本当の名前？　お父さん、話作ってないかどうか」と母に尋ねた。

「大丈夫みたいね。これ、葉っぱが魚の形をしてるでしょ。それで『ウオの木』と呼ばれてたのが、発音がくっついて『ウォの木』、『をの木』になったらしい。ヒマラヤ地方原産だって」

百合男は葉っぱを一枚ちぎって、しげしげと眺めた。

流線形の葉っぱは、葉脈が細かな扇を重ねた形に張り巡らされて、鱗に似ている。葉の先端は鋭く切れ込んで、軽く開いた魚の口のよう。葉の縁の鋸歯《きょし》はギザギザが深く、背ビレに見えなくもない。葉と茎をつないでいる葉柄《ようへい》は、根元が広がって細い筋がたくさん入って、臀《しり》ビレそっくり。

ウオの葉を空気中で泳がせてみる。悪くない。

「笹カレイみたいだね」と母が言った。

「この木、好きかも」。百合男がつぶやく。

「だろ？　だから言ったんだよ、運命の木だって」。父は得意げに鼻を膨らませる。

父と一緒に、鉢から出して、オノノンを埋めた土の上に植え替える。オノノンがいるのだから、肥料はいらない。日当たりのよい庭なので、ヨシズで日陰を作るよう調節する。たっぷりと水をやって、「ここが新しいお家だからね」とをの木に声をかけた。栄養を求めてぐんぐん伸びた根っこがオノノンを探りあて、少しずつ土に溶けていくオノノンの体を吸って葉っぱや枝になり、そのうち花を咲かせて実をならせる様子が、タイムラプスの動画で見える気がした。

目が覚めてすぐ、それに帰宅後、寝る前の最低三回、百合男はをの木の様子をチェックし、話しかけた。朝は「元気？」と尋ね、学校から帰ってからはその日の報告をし、寝る前にはおやすみを言い、ウオの葉っぱや細い枝をなでる。

当初こそ、独り言をつぶやいているような気恥ずかしさがあったが、習慣化すると自然になった。口述日記を書いている気分だった。

をの木に話しかけているからといって、オノノンに話しているつもりはなかった。オノノンとは、話さなくてもくっついていれば気持ちを共有できた。をの木とはそういう関係じゃないから、ちゃんと話す。をの木は反応しないから、何でも話せる。百合男の感情の居場所が、をの木だった。

植え替えてから二週間は、心配の日々だった。庭の環境が合わないのか、夏が暑すぎるのか、次々にウオの葉が落ちた。干物となった笹カレイを拾い集めている気がした。肥料や水が足りてないいんじゃないか、このまま死んじゃうのか、と不安でいたたまれなかったが、父が「食べすぎはかえって危ないんだ。慣れるのに時間がかかってるだけだから、そっと見守ってあげよう」と言うので、我慢した。

空気から暑さの粒が消え、夏の湿ったにおいが減ってきたあたりから、葉の落ちた跡に小さなウオの葉芽《はめ》がたくさんついているのを見つけた。少しも伸びていなかった枝の先っぽにも、芽が現れている。

オノノンが受け入れてくれた、と思った。この芽たちは、もうオノノンの体でできているんだろう。オノノンとをの木はくっつき合って抱き合って、すでに体の一部が混じり合って、一緒に生きていくんだ。自分とオノノンがそうだったみたいに。

そのように、百合男はをの木に解説した。

をの木は少しずつウオの葉を増やし、枝も伸ばしたけれど、ほどなく冬になり、生長は止まった。常緑樹のようで、ウオの葉は落ちない。雪が降った日はヨシズで守っただけだったが、夏のような弱りは見せなかった。暑さに弱くて寒さに強いのかもしれない。

平穏な毎日が続き、百合男は学校での細かな出来事をその木に語った。ハーモニカの練習のしすぎで唇が腫れたこと。マラソン大会で学年で真ん中より三つ下の順位だったこと。そのとき学年優勝した栗原颯爽《さっそう》について、ドーピングしたから一人だけそんな大人の体をしてるんだ、と二位になった平田勇太がデマを流して、女子全員から嫌われたこと。透きとおった蝶を見たこと。原っぱでは、満月の夜中に百合男とオノノンがじゃれ合っている幽霊が出る、という噂があること。おかしいよね、ぼくはまだ生きてるのに。でも事実でもかまわないけどね。

三月の春分の日、枝の先端が小さくつぶつぶしているのを発見した。昨日までは、確かになかった。どの枝の先にも、矢尻が細かく割れてさらに小さな矢尻に分かれたような形の、若緑の芽が膨らんでいる。昨日までは、茶色い殻に包まれた固い一つの矢尻だった。それが割れて、花芽の群れが顔をのぞかせたのだ。

姿を現すや、花芽の生長は著しかった。数日のうちに一つ一つが分かれて膨らみ、濃いピンク色を帯びた花弁が傘の形に畳まれている。小さな柄を伸ばし、花芽が下を向く。翌日には、ぼんぼり状の真っ赤な花を咲かせた。

おかしな形だった。ドウダンツツジとかブルーベリーのような丸い筒状なのだけど、開いている口の縁にかなり長い触手のようなヒダが広がっている。数えると八本。その肢体は、どう見てもゆで蛸《だこ》だった。

実際、母はひと目見るなり、笑いこけた。「ほんとに蛸の花なんだ」と言った。調べたときに、をの木はいろいろな魚の形に変態する植物で、葉っぱが魚なだけじゃなく、花は蛸なのだと書いてあった、という。

可愛らしくて、百合男は一日中見ていても飽きなかった。花の下に紙をあてがい、花を軽く爪弾くと花粉が落ち、その花粉を筆で別の花の雌蕊《めしべ》につけてやる。百合男は蜜蜂のつもりで、せっせとすべての花の授粉を手掛けた。受粉すると、蛸の花弁は落ちるのだった。落ちた花弁を集めて、ゆで蛸の集合写真を撮ったりした。

花弁が落ちると、むきだしになった雌蕊は、その胴体を丸く膨らませ始める。緑の固い球が五ミリぐらいまで大きくなったあたりで、突然、一晩でウサギの目のように赤くなった。さらに数日かけて皮が薄くなって半透明になり、蛍光スカーレットと呼びたくなるような鮮やかな果汁が輝く。スグリにも似ているが、もっと透きとおっていて、皮をまとわないまん丸のザクロ粒、というか。枝の先っぽじゅうから宝石がぶら下がっているかのようで、美しい。

「きれいね、イクラの実」と母は見惚《みと》れて言うと、摘み取って口に入れた。「おー、甘い甘い」と感嘆の声をあげ、もう数粒摘み取って、百合男の口に押し込む。イクラのような醬油味ではなく、イチイのようにトロリと甘い。オノノンを初めて抱きしめたときの、喜びが液体となって胸に湧いてきて体をへめぐる感覚を思い出した。あの液体がこれか。

「でも種は毒だから食べちゃダメ。かじってもダメ。ぺって吐き出しなさい」と言って、手のひらのうえにぺっと吐き出した。百合男も真似る。オシロイバナの種っぽい、黒くて皺《しわ》の寄った丸い種だったが、指でこねくり回していたら、五つに割れた。

「それはね、エイの種。よーく見てごらん、魚のエイの顔に見えるでしょ」

母はスマホでエイの顔を検索して見せた。垂れてつむった目にアヒル口が笑っているような、愛嬌《あいきょう》のある顔。同じような模様が、割れていびつな円錐《えんすい》状となった種に、何となく刻まれている。エイの種は庭に蒔《ま》かず、保管しておくことにする。庭には、この唯一のをの木だけでいい。

放っておいたらヒヨドリに食われるのは目に見えているので、百合男はイクラの実をこまめに収穫して食べた。オノノンの体が栄養になってイクラの実として濃縮されて、それを食べているとしたら一種の共食いだな、と思った。それで、イクラの実をたくさん食べた後に出てきたおしっこを、をの木にかけた。さらに、をの木のそばに穴を掘って、うんちもした。

「これでおあいこ。をの木も共食いしてる」と教えてやった。

そう考えると、地球上はみんな共食いしてるんだ、とも思った。

エイの種は、パスタソースの透明な空瓶《あきびん》に溜めた。眺めていると、たくさんのエイの顔が詰まっていて、愛《いと》おしい気持ちになる。どのエイの顔も、少しずつ違うのだ。

蛸の花も全部咲き終わり、最後の一粒のイクラの実を採って食べたのは、四月も終わるころだった。百合男はもう六年生になっていた。クラスの男子の半分くらいがカラスみたいな声に変わり百合男も仲間入りし、精液が初めて出てからは寝る前にパンツにティッシュを仕込み、股間に生えてきた毛を親に見つからないよう切り捨てたりしていた。

百合男はそれらの秘密を、親には言うなよと釘を刺して、をの木に打ち明けた。すると、一年後にをの木も自分の秘密を教えてくれた。指切りげんまんみたいなものだろう。

中一になる春だった。二度目のイクラの実を食べていたとき、百合男はうっかりエイの種をかじってしまった。本当は好奇心もあったと思うけれど、うっかりだった。口の中にアールグレイ紅茶みたいな香りが広がったが、ひどく苦くもあって、すぐに吐き出した。

お腹でも痛くなるのかと待ったが、少し頭がぼんやりしただけで、我に返ると、床に寝転がってうたた寝をしながら、白黒の子犬を抱いてなでていた。

あれ、オノノン？

驚いて子犬をよくよく見つめると、子犬はおらず、クッションを抱えてなでている。他の子犬を飼うことなんて考えられなかったな、と思い、例えば、と、毛足の長い中型犬と自分があの原っぱで駆け回っている光景を想像したら、本当に百合男は原っぱで白黒の犬とボールを追っている。賢くて性格のよさそうなその犬は、百合男の投げたテニスボールにすごい運動神経で飛びあがって食いつき、百合男にそれを渡そうと突進してきてのしかかって倒し、百合男はボールを受け取り、ワンダという名のそのボーダーコリーはピンクの熱い舌で百合男の顔をなめ、百合男は桃源郷にいるような心地になる。夕焼けのオレンジにあたりが染まって、紫から桜色のグラデーションを帯びた雲がたなびいている。乾いてほんのり冷たい涼風が、百合男とワンダの肌をなでる。

ワンダって何だ？

また我に返る。百合男は原っぱにはおらず、床でクッションを抱いて転がっている。毛足の長いボーダーコリーなんか、知らない。

こいつはやばい、と思い、百合男は起き上がると、エイの種の瓶を上着のポケットに突っ込み、自転車を飛ばした。

二度と行けない場所を求めて、やみくもに走った。日が暮れ始めたころに、長らく放置され藪《やぶ》と化した広大な売地を見つけ、エイの種を半分ぐらいばら蒔いた。さらに走って、同じような藪を見つけては、エイの種を蒔き散らした。植木園の敷地は、芽が出ても雑草として刈られてしまうからダメ。ちゃんと育つ環境が重要だった。そんなことをあらかじめ入念に考えて行動したわけでもないのに、百合男はエイの種がをの木に育ちうるかどうかにこだわって、場所を探した。

燃えあがる夕焼けがあたりを覆って、見慣れた場所さえ、知らない土地であるかのようだった。まったくの勘だけで家のほうに走っていたら、帰宅できた。

翌年の中学二年の春にも、百合男は同じ衝動に襲われた。今度は自転車ではなく、電車に乗って遠くに行きたくなった。それで日曜日の朝に適当に言いつくろって外に出ると、武蔵野線から東武線に乗り換え日光まで行って、去年よりも格段に多く収穫できたエイの種を、人目をしのんで蒔きまくった。瓶が空《から》になるにつれ、自分は満たされていく。正しい行いをしているという確からしさに、誇りさえ感じる。

しかし、その夏に試練が訪れた。

もう何年も、夏は暑くなる一方だった。三十五度を超える日数が増え、平均気温が上がり、大雨もひっきりなしに襲った。その年はカラ梅雨だったせいで、六月末には早くも三十五度を超え、七月半ばには関東全域で四十度を超えるという記録が作られた。

その酷暑が、をの木を弱らせた。直射日光をさえぎってせっせと水をやっても、ぐったりしたままで、やがて葉が落ち、緑色の茎は茶色く痩せ細っていく。

それでも何とか持ちこたえた。ただ、翌年の春に花芽が膨らみ始めたとき、「夏に元気を蓄えられなかったから、今、実をならせると、体力がなくなって枯れちゃうかもしれないよ」と母から忠告され、百合男は蛸の花が咲いてから実が太る前にすべて摘み取った。

そんなわけで、百合男中三の年には、蒔くべきエイの種がなかった。

猛暑は、その年もやって来た。をの木にとってももう限界だと悟り、百合男はをの木を庭から掘り出し、大きい植木鉢に移して、エアコンのきいている室内に移した。をの木とオノノンは一体化しているのだからこの庭から移植することはない、という自分で決めた原則を壊したことは、百合男を深く傷つけた。

けれど、鉢への植え替えは、予期せぬ形で報われた。その秋、三ツ葉家は引っ越しを余儀なくされたのだ。

父の勤める家電部品のメーカーが、世界同時の金融危機を受けて倒産、父は失業した。尊と寧子の収入を合わせて、背伸びして広い戸建てを購入したため、ローンが払えなくなるかもしれない危機に見舞われた。会社が傾いている間に考えておいたのだろう、父は「ここを売って、仙台の実家に帰ることにする」と家族に告げた。「とりあえず、住む家と家業の電気屋はある」

　寧子は激怒した。

「私は黙って仕事を辞めて、あんたに従えってこと？」

「金、貯めようよ。ある程度まとまったら、寧子は韓国に語学留学するといいよ。いつまでも洗剤売りの営業なんかしてられないって、言ってただろ。新しいキャリアを始めるスタートにしようよ。ピンチはチャンス」

　寧子はこの提案に揺らぎ、お金が貯まったら、ではなく、来年には確実に留学する、という条件をのませて、応諾した。

　高校受験を控えてるぼくの気持ちは？と百合男は悲しかったが、どうせ言っても無駄だろうと諦めた。をの木の鉢植えを見て、まるでこうなることを予測していたみたいだ、と自分に少し驚いた。きっと、をの木を植え替えた時点で、ぼくはまもなく引っ越すことを受け入れていたんだ。

　百合男はをの木の植わっていた場所を掘り返し、オノノンの骨をすべて拾った。砕いて陶器の壺に入れ、仙台のおばあちゃんちに引っ越した後、その庭にまた埋め直し、そこにをの木を鉢植えから直植えに戻した。

　関東より涼しいせいか、をの木はかつてのような拒絶反応を示さずに、すぐに庭に適応した。秋のわりには元気に新枝を伸ばした。たくさんの花芽を宿し、春には蛸の花盛りとなって、百合男を喜ばせた。

家の中では、父と母が喧嘩ばかりしていた。電気屋は昔からのお得意さんが修理を頼んできたり電池を買ったりするくらいで、商売として成り立っていなかった。寧子は、商売替えすべきだと意見した。尊の母は、尊の父が興した店なんだからつぶしたら祟《たた》る、と拒否した。尊は引っ越して一年後に、自分の母の反対を押しきり店をコンビニに変えた。

母はしばらくコンビニで働き、高校で部活に入らずすることのない百合男も手伝った。そのぶん、小遣いが増えた。寧子が、韓流ドラマのキャラクターが韓国語と日本語で商品を勧めるポップを手描きしたら、おばさんの客が増え、商売は回り始めた。店の中で、寧子を中心におばさんたちのコミュニティが形成されていく。

店が軌道に乗ったので、母は次の春からいよいよ留学することになった。

「ユリも夏休みに遊びに来なさい。一緒に韓国旅行して、一緒に帰国しよう」と母は言った。留学は約半年の予定だった。

「おお、それがいい。それはナイスだ」と父も賛成した。

「約束だよ?」と百合男は念を押した。

「あたりまえでしょ」。母は百合男の思いつめたような剣幕を笑う。

「約束の証として、エイの種を持ってって、韓国に植えてくれる？　それで生長する様子を写真に撮って送って。ちゃんと送り続けてくれれば、約束は守られてるって証拠」

「はいはい。ちゃんと実行します」。母は苦笑しながら請け合った。

百合男がエイの種の入った小袋を渡す。

「こんなにたくさん育てるの？」。母は驚く。

「万一のため。一本でもちゃんと育ってたら、あとはそのへんに蒔き散らしていいから」

「アルゲッスムニダ、シルチャンニム（かしこまりました、室長）」と寧子は韓流でおどけた。

三畳一間みたいな狭いコシテル（簡易アパート）に入居し、ソウルでの生活が落ち着いたところで、寧子は約束どおり鉢にエイの種を蒔き、芽が出てきたら写真を撮って息子に送った。息子からは親指を立てた絵文字が返ってきただけだった。

たくさん芽が出たので適当に間引き、最終的に一本の苗を残した。朝目覚めたらその日のをの木を撮影し、夕刻に一日の出来事を書いて写真とともに息子に送る。息子から返事が来るのはこちらが催促したときくらいで、十日に一遍ほど。「ああ、元気」「変わりないよ」などと一言だけ。それでも一方的な交換日記は、案外楽しかった。

語学学校は日本の女性たちが半数を占め、すぐにうちとけた。同世代の多くが独り身で、寧子も同類だと思い込まれた。夫と高校生の息子がいるとは言いにくくなり、誤解されるがままにしておいた。独り身だと見なされることは、心地よくもあった。

ふた月が過ぎた六月には、その仲間の一人、中竹さんから、バイトしていた日本式ラメンの店を辞めるので、代わりにバイトしない？と誘われ、思いきって働いてみることにした。どうして辞めるのか、と聞いたら、ひそひそ声で、お店で出逢いがあって、常連さんが彼氏《ナムジャチング》になっちゃって、残りの時間は全部彼と使いたいから、と上気した顔で打ち明ける。

それはチュッカヘヨだね！と寧子は満面の笑みで言い、運命っていいなあ、と中竹さんの高揚を美味しくいただいた。障害があるほど愛は味が濃くなるから、今、中竹さんはご馳走の毎日だろう。

ナムジャチングとの出会いは特段望んではいなかったが、ラメン店に一人でよく食べにくる二十代の物静かな女性客とは気が合い、一度飲みに行ったらすっかり親友となった。職場みんなでそろって昼食に行くのが苦手で、一人で食べられるラメン店に来るのだという。

ウニというその女性は、寧子のたどたどしい韓国語を推測で補って、伝えきれていない微妙なニュアンスまで理解してしまう。寧子が話の途中でつかえていると、ウニがその先を正確にしゃべってくれる。すると不思議なことに、寧子にも、ウニの韓国語が半分もわからないにもかかわらず、意味が直に脳の中に浮かんできて理解できる。

「ウニちゃんと私、気が合うのかな」と寧子が言うと、ウニは寂しそうに微笑んでうなずき、「でも私がこの人とは気が合いそうと思っても、通じることはほとんどないんです」と言った。

相手の言わんとすることをほんの少し早くわかってしまう勘のよさが、ウニを大勢での会食から遠ざけている。全部をしゃべらなくても通じることを全部しゃべる人たちばかりだと、疲れきってしまうのだという。

「だから韓国語がうまくしゃべれないで、ゆっくりの私は、ちょうどいいわけか」という内容を、寧子はシンプルな単語の羅列だけで語ろうとした。皆まで言わずとも理解したウニは、微笑みながら首を振り、「私がわかってるということを、オンニもわかってくれてるから、気が合うんですよ」と言った。ウニに「オンニ（ねえさん）」認定されて、寧子は自分の人生の一部が新しくなっている実感を得た。

韓国語の練習も兼ねて、ウニには夫や息子のことを話した。息子にをの木を託された話もしたら、見てみたいと言うので、コシテルに招いた。

窓のない部屋だから、昼間は鉢を屋上に出してある。エイの種も見せると、その顔の可愛らしさにウニは珍しくはしゃいだ。

「寧子さんの日本での人生がこの種に詰まって、こんな楽しい顔してるんですね」と言った。寧子は、ウニのそういう表現の仕方が大好きだった。

「ウニちゃんも育ててみる？」と聞くとうなずくので、何粒かあげる。

「夏には息子が遊びに来るから、ウニちゃんも会ってやって」と頼むと、微笑みが満面の笑みになって喜んだ。

けれど、息子は来なかった。月を追うごとにメッセージの返信の頻度が減っていき、七月には既読もつかなくなり、心配になって、夫に電話した際に百合男に代わってもらう。

「私は約束守ってるけど、ユリはどうしたのかな」。責めないように聞いてみる。

「忙しくて」

「コンビニ？　お父さんにこき使われてるの？」

「コンビニも忙しいけど、それは金のため。あと部活が大変で」

「部活なんていつ始めたのよ？」

「六月から陸上部に入った」

「聞いてない」

「いちいち言う必要ないでしょ。自分の好きなことしてるだけ。お母さんと同じ」

目を背けていた罪悪感が突然、寧子の視界に現れる。

「でも夏じゅう部活ってこともないんでしょ。短くてもいいから、来なさいよ」

「合宿もあるし、市大会突破のためには夏の蓄積が勝負なんだよ」

再び夫に代わり、けんもほろろの息子の態度を嘆くと、「彼女ができたんだと思うね」とニヤけた声で尊は言った。「陸上部の子に惚れて、部活に入ってアタックかけたとか、そんな感じじゃないかと俺は睨《にら》んでる。あのにわかな打ち込み方からすると、そうとしか思えない。それで金も必要なんだろ」

寧子はため息をつき、「タケちゃんて、ほんと下世話」と言った。

「寧子にはわからないかもしれないけど、男の子って、そういうもんなんだよ」

「タケちゃんにはわからないと思うけど、ユリは男の子じゃないから」

電話を切ると、力が抜け、寧子は腰掛けている狭いコシテルのベッドから立ち上がれなくなった。来ないか、とつぶやく。急に、日本に帰るのが嫌になる。

その週末の日曜日にウニと映画を見に行って、内容はほとんどわからなかったけれどソウルの大スクリーンでハ・ジョンウが見られればそれでよくて、冷麺《ネンミョン》を食べながら、「うちの子、来ないことになったよ」と言った。

「もう母親と旅行するのなんか嫌がる年齢だろうとは思ったけどさ、約束だよ?なんて念押ししてくるから、まあ最後に一回つきあってくれるのかな、なんて期待しちゃったぶん、ちょっとがっかり。って、そんな感じでしょう?」とウニが、まだ言葉にできない寧子の気持ちを翻訳した。ウニにそう言われて、自分が思っている以上にダメージを受けていることを、寧子は理解した。

「夏にさ、山に登りません? それでエイの種を蒔くの」。ウニが言った。

「ウニちゃんは本当に優しいね。ありがと」と言ったら、いきなりしゃくりあげて自分でも驚く。

装備もウェアも全部貸してあげるので、登山靴だけ買いましょう、とのアドバイスに従って一緒に買い物し、あとはすべてウニにお任せだった。長距離バスで東海《トンヘ》に面した束草《ソクチョ》まで行って一泊。その日は、砂浜を走ったりお刺身を食べたりする。

ホテルの部屋でツインのベッドに入ってから、ウニは、明日登るのは雪岳山《ソラクサン》という韓国で三番目に高い有名な山で、山頂の山小屋に泊まる、と説明した。そんなハードなのは無理、絶対無理、と寧子は猛反対したけれど、ウニは笑って、もう予約は取り消せないですよー、オンニぐらい元気な人ならまったく大丈夫、と請け合う。

翌早朝にホテルを出てバスで登山口へ。登山道は木の階段や遊歩道が整備されていて、当初は快適だったけれど、だんだん傾斜がきつくなってくる。やっぱりハードじゃないか、と文句を言うが、ウニは例によって微笑みをたたえてケンチャナヨ《大丈夫ですって》としか言わない。足取りが重くなる寧子を、トレーニングかと見まごう早足で登山客が次々と追い越していく。

山小屋に到着したときは、脚がぷるぷるだった。

それでも二段ベッドがびっしり並んだ丸太の小屋に入れば、どことなくハイジの気分になれて、持参したカップ辛《シン》ラミョンとインスタントのトッポッキの夕飯も最高に美味しく、上の段に陣取った寧子が下の段に寝ているウニをのぞくと、秘密を共有している者同士のような笑みを返してくるのがたまらなく嬉しい。

朝には日の出を拝み、ついでに土の地面にこっそりエイの種を植え、休憩をたくさん挟みながらの下山中にも、要所要所でエイの種を蒔いてきた。

「ミッション・コンプリート。これで息子さんとの空想の旅は完了ですね。芽が出れば、お二人の思い出の花が咲きますよ」

「私とウニちゃんとの思い出の花もね」

コシテルの鉢植えは、帰国時にウニちゃんに預けた。また来るときまで面倒見てもらう、という約束で。そして実際、寧子は三年後に、翻訳の仕事を始めるほどに韓国語を上達させてソウルを再訪し、ウニちゃんと再会して、以後も頻繁に行き来する仲となるのだが、それでも雪岳山の山荘で撮った二人の写真を見るたびに、あのときにだけ扉が開いたのに入ることなく失われた人生のことが胸に迫って、泣きたい気持ちに駆られる。

十年後、雪岳山の中腹に外来種のブッシュが繁殖して生態系を脅かしていると地元の植物学者が警告し、そのニュースを知った百合男が初めて韓国を訪ね、雪岳山に登ってその木の群生を確認することになるのは、また別の物語だ。

母を落胆させることになる陸上部入りを百合男が決めたのは、犬と人間とで臨むアジリティという競技の国際大会を、テレビで見たせいだ。オノノンとともに参加している自分の幻影が、テレビ画面に映っている。どの競技者と犬も、自分とオノノンだった。

百合男はいても立っていられなくなり、どうしたらアジリティを始められるか、ネットで調べた。近くに教室はなかったが、百合男にはオノノンと練習に励んでいるイメージが細部まで湧くばかり。そして問題は、オノノンではない犬を自分に飼えるのか、という点だと気づいた。

ワンダか、と閃《ひらめ》く。あの幻覚の中でたわむれた白黒ボーダーコリーのワンダ。そういうことになっているのだ、きっと。それが運命なのだ。

百合男から、人生の迷いが消えた。半分の人間として無力に生きてきたけれど、これからは違う、と思った。もう視界に入っている、運命で定められた人生に、復帰すればいいだけのことだ。

そう腹が決まったら、まず必要なのは、ボーダーコリーと一緒に生きるためのお金だ。

それでコンビニの仕事に精を出した。

父は、気まぐれでバイト時間を増やすことを許さなかった。うちで働いてもらってる安岡さんやティエンさんには生活がかかってるんだから、あの人たちに充分なお給料を払うことが先決だ。それでも足りない時間をおまえが全部カバーしてくれると約束するなら、これ以上は人を雇わないことにする。百合男は約束を守って、仕事を増やしてもらった。

また、どんくさい人間の自分が犬と同時に訓練をスタートさせるのでは遅い、一刻も早くトレーニングを始めるべきだと思い、持続できるスプリント能力を開発するべく、二年生の六月という中途半端な時期にもかかわらず、陸上部に入部して四〇〇メートル走に取り組んだ。

その陸上部で全日本の選抜選手にも選ばれる圧倒的なエースだったのが、女子中距離の栗原颯爽だった。百合男もしばらくは見落としていたが、レースのエントリー名簿で下の名前が目に入ったとき、同じ埼玉の小学校でマラソン大会に優勝していたあの栗原だと気がついた。まさか、仙台の高校でまた一緒になるとは思いもしなかったので、特徴的な名前がなければわからないままだったかもしれない。

小学生の栗原とは見栄えも違って、ドーベルマンとかイングリッシュ・グレイハウンドのようにすらりと凜々《りり》しかった。これがエースのオーラってものか、と百合男は漠然と圧倒されていたが、それだけではないことがわかったのは、夏合宿最終日の打ち上げの場でだった。

涼しいはずの八幡平《はちまんたい》麓での合宿だったが、この年は異常な暑さで、真っ昼間の練習は危険だった。それで早朝や夕方に分散させたが、それでもバテた。だから打ち上げの日は、皆、疲労の極致でありながら、特別な解放感に取り憑《つ》かれていた。

夕飯の後、合宿の振り返りと称して、全員が隠し芸を演じさせられるのが部の習わしだった。百合男はオノノンと遊んでいたころに習得した、四本脚走りを披露した。跳び箱の要領で両腕をまず着地させてから両脚を前方に引き出す走りは、観衆の意表を突いて感嘆されたけれど、すぐに爆笑に変わり、百合男は何だか気に食わず、四本脚でならうちの部で一番速いと豪語し、夜中のグラウンドに出て部員全員と勝負した。事実、百合男は、四肢をばたつかせて走るしかない人間たちを尻目に、圧勝した。

すると、颯爽が「ユリオ優勝のお祝いに、リッキー・マーティンの『リヴィン・ラ・ビーダ・ロカ』を犬の鳴き声で歌います！」と出し抜けに宣言して、アーウ、アーウ、アーウ、アーウ、アォン、ワ・ワ・ウ・ワウー・アーウと歌い出した。

部員一同は呆気にとられ、次の瞬間にはデタラメな歌詞で歌に加わり、一緒に盛り上がった。百合男も体を揺らして盛り上がっているふりをしたが、本当に心を奪われていたのは、その犬の鳴き声が本物の犬の声だったことだ。鳴き真似なんかではなく、颯爽の真の声、真の言葉はじつはこの犬の鳴き声なんだと、百合男は発見した。オノノンも街が夕方五時に流す「七つの子」に合わせて、アーア、ア、ウーンなどと歌っていた。これまで近寄りがたくてほとんど話したことのなかった颯爽に、初めて親近感を抱いた。

「私のテーマソングでした！」

そう告げて歌い終えると、みんなは奇声を発して拍手した。「誰か、次は猫の声で歌え」などと先輩が叫んでいる。

百合男は颯爽に礼を言い、「犬と一緒に育ったんでしょ」と聞いた。

颯爽はうなずき、「二ツ葉もでしょ。あの走りは」と言った。颯爽は犬の魂を持っていることを、百合男は改めて理解した。百合男からもアウアウという犬の声が出そうになるが、まだ早いと抑えて、「何で、あの曲がテーマソングなの？」と尋ねる。

「ほら、リズムがいいからさ、走ってるとき、頭ん中であの曲が鳴ってるんだよね」

「鳴き声で？」

「そう！　鳴き声で。ぶっ飛んだ人生、みたいな歌なんだって。私、犬と自分の区別がつかないなんてちょっとおかしいって言われてたからさ。いいよ、おかしい人間で。おかしな人生送ってやるからって、この曲聞いて開き直って。だからリッキーは私の憧れ。あんなふうになりたい」

　百合男は「その人、知らない」と言った。

「リッキー・マーティン、知らないかあ」とため息のように言い、スマホで検索して写真を見せてくれる。

「ちょっと犬っぽい顔してるでしょ。リッキーも本当の人生、隠して生きてきたんだよね」

　写真を見て、百合男は納得した。颯爽が近づきがたい雰囲気をまとっているのは、この美形のスターのスタイルを真似しているからだ。少し立てた短い髪、引き締まった筋肉、凜々しい眉、ヘソの両脇の犬の足跡のタトゥー。

　百合男は少しためらってから、思いきって言った。

「栗原、安行北小でしょ。ぼくも同じ小学校だったんだよね。マラソン大会で優勝してたよね」

　とたんに颯爽の表情は固くなった。

「あのころの私、知ってんだ」

「あ、いや、名前だけしか」。百合男はうろたえる。

　颯爽は固い表情のまま目を伏せ、少し沈黙を置いてから、「優勝なんかするんじゃなかった。わざとでも負ければよかった。あんなこと言われるぐらいなら」と吐き捨てた。

「でも走るのは好きなんでしょ。だから今陸上やってるんでしょ？」

颯爽は傷ついたような目で百合男を見た。

「わかんないのかよ、四本脚走りしたくせに。ユリオは何で四本脚走りしたんだよ」。斬りつけるようなぞんざいな言葉に、百合男は怯える。

「そりゃあ、ぼくの中にオノノンが半分いたから」と、説明にならない言葉が出てしまう。

「オノノンていうんだ？」

百合男はうなずく。

「それとおんなじだよ」。また目を伏せて颯爽はつぶやく。

「そっか」。百合男もつぶやき、「オノノンみたいになれると思ってたんだよね。走るのも遊ぶのも、歌うのもしゃべるのも、人間からじゃなくてオノノンから教わった。てか、オノノンと一緒に発明した」と一気に打ち明ける。

「わかる。私なんて、物心つく前からワンダといたから、ワンダを吸収することが成長だった。ワンダも私を真似て大きくなった」

百合男は世界が裏返るような驚きに打ちのめされた。自分がいたのは偽の世界だったと知らされたような、足もとの崩れる感覚。

「ワンダっていうんだ？　もしかして、白黒のボーダーコリー？」

「ああ、やっぱ、わかるんだ、半分犬人間には」。颯爽は驚かず、あたりまえのように言った。

百合男は、アウン、と小さくさりげなく鳴いて答えてみた。颯爽が鋭く見返し、オン、とやはり小さくさりげなく返し、笑った。そこに喜びがたたえられてあふれそうになっているのを、百合男はしっかりと認めた。

日常の部活に戻ると、颯爽の属しているレベルは百合男と別世界で、また引け目を感じた。あんなに親密な気持ちで会話したのは、合宿打ち上げの高揚が作り出した気の迷いだ、と思ったりもした。

百合男は、ときおり部員たちから「犬走りしてみろ」と囃《はや》し立てられては不機嫌に拒絶し、孤独に練習した。次第に部活に顔を出さなくなり、原っぱや里山の林の中を一人で走ったりした。

それでも颯爽のことは気になるので、まったく部活に参加しないでいることもできなかった。高校のグラウンドではない、少し離れた全天候型競技場での練習には、必ず参加した。電車での行き帰りに、部員たちとは離れて颯爽と話す機会があるから。犬人未分化時代の記憶を語り合えば必ず通じ、特にワンダの話を聞いていると、百合男は自分が飼っていたかのような錯覚を覚える。

間違いなく、颯爽と自分はほとんど出会うことのない同種の生き物だと、百合男は確信できた。だから惹かれるんだろうなと思うものの自信はなく、颯爽が男に関心はないことは理解しているのに、だからこそそんな颯爽に興味を持っているいやらしい男なのではないか自分は、と悩んだりする。そして、その悩みを理解できるのは颯爽だけなのに、颯爽にだけは打ち明けてはいけないのだ。

百合男は、自分が人間の女性には恋着の情を持たないことを気づき始めていたが、といって人間の男性に惚れるわけでもないため、自分はおかしいのではないかという疑いと、自分は大多数と同じなのにそれを否定して自分をごまかしているだけではないかという疑いとの間に挟まって、身動きが取れなくなっていた。要するに人間とでは恋愛はありえない、というのが真実な気がするが、それを証明する手立てがない以上、自分のことがわからないままだ。

颯爽に打ち明けられない苦しさは、をの木に話すしかなかった。だがをの木は、仙台にも押し寄せてきた熱波にやられて、三たび、ぐったりしている。八幡平でさえあんなに暑かったのだから、当然だ。大きくなったをの木を鉢に植え替えることはもう難しく、この庭とオノノンの骨と命運をともにしておいてあげようと思う。それで百合男は新しくエイの種を鉢に蒔いた。今年の春に採れた種だけでなく、韓国産の種も蒔いた。母がソウルで植えた株のエイの種を、ウニが送ってくれたのだ。

颯爽とは部活での日々を送るごとに、同類同士の結びつきを深く確かめていった。百合男の煩悶《はんもん》は続いたが、颯爽との信頼が強くなっていくことはその苦しみを和らげてもくれた。犬との言葉を二人で話せれば、それで十分なのだ。

三年生になり、颯爽は全国大会で高校新に肉薄する記録で八〇〇メートルと一五〇〇メートルの二種目を制し、百合男は平凡な記録で地区大会の予選を一つクリアして、引退した。

受験も終え、卒業式に陸上部員で集まったとき、百合男は半年ぶりに颯爽と顔を合わせた。百合男は奥州州立植物大学弘前校に、颯爽は国立旭川獣医大学に進むことになっていた。

颯爽は百合男に、「私たちはまた会うことになるよね」と言った。百合男はうなずき、「必要になったらぼくたちの言葉で呼べば、聞こえるよ」と言い、颯爽も「だね」と笑った。

「その証ってわけでもないんだけどさ。これ、旭川で育ててほしいんだ。この中にオノノンも入ってるんで」と百合男は小袋に入ったエイの種を差し出す。

けげんそうな顔の颯爽に、をの木について説明し、百合男とをの木とオノノンの関わりについても話す。

種をしげしげと眺め、颯爽は「ここに私たち種族の記憶と歴史が詰まってるんだな」とつぶやき、「もっと早く教えてくれてもよかったのに」と冷たい目を百合男に向ける。

「たぶん、今が時期だったんだよ」と百合男は取りつくろう。

「まあいいや。間に合ったし。順調に増えたら、をの木園でも作ろうかな。そしたら呼ぶよ。呼んだら来てよ」

百合男はうなずき、「をの木園か。それは考えなかったな。愉快だな」と微笑む。

「やっべ。私、走り出しそう」。颯爽はうずうずした顔で言うと、小さくウォンと吠える。百合男も周囲が振り返るほどの鋭い鳴き声でアウッと応え、「ああ、思い残すことないっ。何か、この種を渡すために颯爽と出会った気さえするな」と晴れやかに言った。

旭川に移った颯爽は、最初はワンルームマンションのベランダで、エイの種をプランターに植えた。植物を育てることに疎かったため、間引きもせず貧弱な木が密集することになった。その写真を百合男に送ったら、こっぴどく叱られ、三年目には同じ研究室の仲間とともに近所に菜園を借り、本格的な栽培に勤《いそ》しんだ。

そのころ颯爽は、恋人になった勤め人の女が、颯爽が犬でもあることを理解せず、百合男が苦しんだのと同種の悩みに囚われていた。こんな小さな都市で出会えた相手なのに、自分の一部しか共有されないことは、かえってつらかった。自分は何者なんだと混乱した。

その閉塞から抜けられるのが、をの木の世話をしている時間だった。をの木と向き合っていると、自分を丸ごと理解する存在はこの世にあり、自分は存在していていいのだという前向きな気持ちになれた。

をの木は着実に増えていった。春に蛸の花が満開になり、さらにたわわなイクラの実が一面に輝いている様子は、真昼に赤い蛍を見ているような幻の感触を醸し出した。研究室で余興で書いていたブログにその写真を載せたところ、ちょっとした評判を呼び、これは観賞用に売れると踏んだ院生の一人が、試しに種や株を売り出したところ、たちまち完売した。

いきなり小さくない利益が出たため、黙っているのも後ろめたく、颯爽は久しぶりに百合男にメールで報告した。すでにボーダーコリーを飼ってアジリティに夢中になっている百合男からは、ワンダと競技会に出たときの写真や、練習中の仲睦まじい動画などばかりが送られてきて、をの木が注目されていることへの反応は薄かった。「そういうやつだよな、ユリオは」と颯爽はひとりごちた。

颯爽が獣医師免許も取得して卒業し、そのまま博士課程に進んだころ、をの木ブームは山場を迎えていた。

颯爽たちのをの木園は、同期の卒業生が事業化して北海道中に農園を拡大した。他にも業者が次々と参入し、海外にも流行が広まった。イクラの実の大粒な種類や色合いの多様なもの、蛸の花がイカの花になったもの、年中花が咲いて実をつけるものなど、品種改良も進んだ。イクラの実のジャムやケーキなど、お菓子も定番化した。

イクラの実の枝を集めて宝石だらけのような花束を作り、気球で高度三万メートルの成層圏まで飛ばし、マイナス四十度で凍った実が気球とともに弾け、地上にルビーの雨を降らせる、という酔狂を仕掛けた者もいた。エイの種も飛び散り、地上広くに落ち、埋まり、芽を出した。園芸種とともに、野生でもをの木は生息圏を広げていった。

そうしてをの木の広まっていった土地に、灼熱《しゃくねつ》化していく気候から逃れて、人間たちも少しずつ移っていった。やがて数年にわたって大流行することになる、豚の疫病に対し、恩師のラボを継いだ颯爽の研究グループがをの木の成分からワクチンを開発することになるのは、まだまだ先の話だ。そのころには、人間のいるところどこにでも、寄り添うようにをの木が繁っているのだった。

ディア・プルーデンス

ぼくは青虫。もとは人間だった。どうやって青虫になったかというと、想像すれば現実になると聞いたから。ずっと自分一人でいるのなら、おまえはおまえ自身が想像したものそのものであるのだ、と言われた。

それで、人間でいたらこのままのたれ死ぬか、発症して腐《くさ》れ死んでしまうので、ぼくは腐れ病に感染しない生き物として、青虫になることにした。

今ぼくは庭に生きていて、草ばかり食べている。ほぼ起きているあいだじゅう、草を食《は》んでいる。

でも草はなくならない。ぼく一人が食べる速さより、草が育って増えていく勢いのほうが強いから。ぼくも動きが鈍《のろ》いので、人間だったときと時間の感覚が違って、草が伸びたり動いたりするのが見える。人間だと、植物の動きはゆっくりすぎて止まっているように見えるけど、ゆっくりすぎるぼくには植物は自分と同じように動いて見える。

その代わり、人間とか他の生き物は、昔のフィルム映画みたいに、早回しで見える。何でそんなにせっかちなのか、可笑《おか》しい。

屋外の庭だから、敵もいる。鳥はやばい。スズメとかムクドリとかカラスは危ない。瞬間移動してるのかってぐらい速いし。カラスなんて、人間の出すゴミが激減したもんだから、それまでは見向きもしなかったぼくら青虫なんかを食い始めた。「なりふりかまわない姿は惨めだな」とぼくはカラスに言ってやったことがある。カラスは、「おまえなんて食おうと思えばいつだって食えるんだ。食わないどいてやってるけど、おまえの命はこっちに握られてる。せいぜい、いつ食われるか気の休まらない日々を過ごすことだな」なんて憎《にく》そいこと言いやがった。

カラスが話すわけない、と思ってるでしょ？　ところがどっこい、その気になれば聞こえてくるんだよ、声が。アーアーとか、カァーとかしか鳴いてないように聞こえるけど、必死で想像してると、意味がだんだんわかってくるんだよ。そのうち、想像しなくても言葉として聞こえるようになる。

ツバメには、ぼくのぶっといピンクのツノを伸ばして威嚇《いかく》し、くっさい柑橘《かんきつ》のにおいを浴びせてやった。ツバメは表情も変えずにぼくをチラリと見ると、「若いっていいよね、粋《いき》がる時期も必要」と言って、気取ったスタイルで飛び去った。粋がってんのはどっちだよ、気障《きざ》ヤロー、とぼくはもう遠くて届かないツバメに毒を吐いた。

シジュウカラとかウグイスとかヒバリとか、鳥には詩人系も多い。あいつら、何でも詩でしゃべるんだぜ。「うつせみばかりの昼下がり　われは飢えて植えて上手《うわて》に羽ばたくあーそうですか　そうですか」とか。意味わかんねー。

スズメバチなんか、ぼくを噛み砕いて練り物にして肉団子作って、蜂の子に食わせるらしい。うおー、ムカつく！　ぼくだって食いてえよお、自分の肉団子。うまいに決まってる。くそっ、いつか蜂の子食ってやる、甘くてうまいんだぜ。と、思うものの、ぼくは草しか食べないから青虫なのだ。肉食ったら、肉虫だ。肉虫にはなりたくない。

ぼくについては、気色悪い、触りたくない、ぷにぷにしている、うぶ毛がなければグミ、つぶれると中の液がドス緑で耐えがたい、食い意地が張ってる、奇抜なファッションセンスがある、将来が楽しみ、と人によって評価はまちまちだ。

でも何と言っても、青虫は食いながらあたりかまわずうんちをしていいし、だからってあたり一面が汚れることもないのが、楽チンだ。やっぱり人生、楽に生きたいですよね。人に気を使わずに、人の顔色なんかうかがわずに。したいことを、したいときに、したいように、する。葉っぱヤって、敵とディスり合って、ときところかまわずうんちして脱糞《だっぷん》の快感に震えて恍惚《こうこつ》となって、夜は眠りこける。敵も昼しか動けないからね。

そんなルーティーンの中に、もう一つ、ぼくには楽しみがある。それは、庭に面した窓の部屋の子とおしゃべりすること。

その子のことは、見たことはない。何しろ、ずっと部屋の窓も鎧戸《よろいど》も閉めて、閉じ籠《こも》ってるから。

でもぼくはそこにその子がいることを、ずっと知っていた。青虫になる前、ぼくは隣の家の住人だったから。隣の、古い1Kのアパートの二階で一人で暮らしている、六十七歳の女だったから。

ぼくのアパートのちびっこいベランダから、塀越しにその庭は見えた。ぼくは植物の殿堂「からしや」のレジ打ちのパートがない昼下がりに、その庭のレモンやライムの、黄を帯びた白い小さな花が咲くのを、うっとりと眺めるのが好きだった。そしてその後で、生《な》った実を収穫して、うちでパスタやパエリャやタコスに使って、その香りをかぐのを想像するのが、たまらなく贅沢だった。

ぼくがアパートに越してきた約二十年前、その子はすでに部屋に閉じ籠っていた。もっとも、その子だけじゃなく、世界中が閉じ籠っていた。触《さわ》るだけでうつる腐れ病が、すでに流行《はや》り始めていたのだ。

感染すると臓器が冒され、最後には皮膚がところどころ溶けて、桃の香りのする甘い水蜜を流して死にいたるこの病は、あたかも触った部分からうつって腐敗していくかのようで、桃皮熱《とうひねつ》と名づけられたけれど、ちまたでは腐れ病と呼ばれてもいた。

感染しないためには家や部屋や路上の物陰に閉じ籠るしかなく、閉じ籠って他人と長らく会わないでいるうちに、不安と恐怖で脳が腐っていくから、腐れ病。脳が腐って、世界は滅亡しかかって自分もこのまま腐れ死んでいく、あるいは自分だけ無意味に生き残るという終末の姿が、音も光も臭いも伴った幻覚として見えるようになるから、腐れ病。そうして腐れ爛《ただ》れてしまった精神で、自分や自分ではない人間を、オモチャのように壊し始めるから、腐れ病。

暗黒の時代がどれほど続いたのかは、わからない。みんな部屋でじっとして、外をも外からも見えないように窓もカーテンも閉めて、何ごとも起きてはいない、と思い込むようにした。外に一歩出れば、そこには人々が初対面でも手をつないで輪になって踊れるような光景が広がっているにちがいない、でも自分はたまたまうちに居続けてるだけ、と、信じ込むことで正気を保っていた。だから暗黒な歴史は知らないし覚えていない。記憶喪失って、選べるんだよ。

そのうち、触らなければ近くにいても大丈夫ということが徐々に確認されていって、宇宙服みたいな装備がとりどり発明され、大胆な人から順に少しずつ外に出るようになった。ぼくはもう一生、外に出る気なんかなかったけど、青虫になったおかげで出ることになった。

隣の子は、それでも外に出なかった。家の、他の人はみんな死んでしまったという。ご近所同様、ぼくも声をかけたけど、その子は出てこなかった。その子ももう生きてないだろうとか、そもそも部屋には誰もいないとか、いい加減な噂は立ったけれど、警察や役場が調べるわけでもなく、無根だった。何よりも、ぼくはその子と話してるのだから。

また、想像すれば聞こえてくるって話かよ、って思ったでしょう？　当たり。隣のアパートにいたときは無理だったけど、青虫になってから話せるようになった。だって、庭と窓だからね。四六時中、ぼくは話しかけた。

おはよう。今日は元気？　もりもり野菜食べてる？　分けてあげようか。好きなタイプのセミは何？　好みの菊の名前でもいい、参考のために教えてほしいな。あ、大きな声を出そうとしなくていいよ。囁《ささや》くだけでいい。自分だけに聞こえるぐらいの、息だけの囁きで。いや、息の声さえ出さなくていい、頭の中で思うだけで。ぼくに向かって思えば、その感じだけでも伝わってくるから。

でもその子は、なかなか答えてくれなかった。ぼくは毎日、答えやすそうな質問を考えては、問いかけるのをやめなかった。

葱《ねぎ》ぼうずは好き？　浅葱《あさぎ》色と鳥の子色と黄檗《きはだ》色、お茶にするならどれが希望？　今、何考えてたとこ？　ぼくはお菓子の家に住んでるようなもんだって、知ってた？　青虫になるの、案外たやすかったから、ちょっと綿毛にでもなったつもりで出てみたら？

怖いから無理。

なら、いいんだ、無理はよしとこう。

それが初めての会話だった。ぼくは有頂天になって、少し踊った。青虫だって踊る。なかなかのロッカーなんだぜ。上半身を起こして、頭をプリプリと激しく振るんだ。人は嫌がるけどね。

それからまた何日かは、ぼくが問いかけても無言だった。でもぼくは心配しなかった。一度答えてくれたっていうことは、話す気はあるんだとわかっていたから。ただ臆病で慎重なだけなんだ。

それでぼくはその子を、内心でこっそり「しりごみちゃん」と名づけた。「尻ゴミ」じゃなくて「後込み」だぞ、勘違いすんな。

怖がりでためらい屋さんなしりごみちゃんが次に言葉を発してくれたのは、ぼくが脱皮をした後だった。

前日から、胃もたれして食欲がなく、体調も悪いなと思っていた。まさか青虫でも腐れ病に感染するのか、と不安になった。その日は風や日を避けて、穏やかな葉の陰で休んでいた。

一晩寝て目が覚めたら、今度は気力体力が漲《みなぎ》っている。繁殖できるような気さえした。繁殖って言っても、生殖じゃないよ。もう、生殖で繁殖する時代じゃない。何せ、腐れ病は生殖を不可能にしたから。

触れば感染するから、罹患率《りかん》があれだけ高くなった以上、性交は命がけだった。たくさんの人が生殖で感染して、命を落とした。それで人工授精に雪崩を打ったけれど、出産の際の母体との接触で新生児が感染死する事例が相次いだ。手術で新生児を取り出すことが模索されたり、人工子宮の開発が進められたりもしたけれど、多くの人が疲れきってしまい、生殖から目を背けるようになった。

かくして世界の人口は減り始め、若い人も減っていく。

これが人類の運命だったのかな、ヒトっていう種の寿命が尽きたのかな、と諦めとともに現実を受け入れる風潮が広がっていくなか、にわかには信じがたい風変わりな繁殖例が、同時多発的に広がっていた。

もうおわかりですね。そう、想像すると増えている、というやつ。想像妊娠とかじゃないよ。思い描けば、それは実在してるんだ。

だから、赤ん坊である必要さえない。ぼくが本当に切実に、一緒に並んでレモンの葉を齧《かじ》ってくれるアオスジタテタの青虫を欲したとする。それはもう真剣に、全身全霊で欲しなければならない。すると、そこにはアオスジタテタの青虫がいる。

あくまでもこれは例だよ。ぼくは葉齧り仲間にアオスジタテタの幼虫なんて、一ミリも望んでないから。そもそも、アオスジタテタなんて虫自体、存在していない。

そんなふうに、想像して繁殖する人がぽちぽちと現れたんだ。失った子どもを繁殖する親。先立たれた伴侶を繁殖するパートナー。天寿をまっとうした親をこの世に引き戻す、自己中心的な子。理想的な友だちを繁殖する完璧主義者。社員を繁殖する強欲な社長。もちろん、赤ちゃんを繁殖するカップルはたくさん。

誕生した人たちに本物の血と肉が備わっているのか、誰にもわからない。だって、自分にさえ本物の血と肉があるのか、わからないんだから、そんな自分が繁殖させた存在が血と肉を持つかどうかなんて、証明できっこない。

でも、誰もそんなことは気にしていなかった。誕生した存在は誰の目にも映ったし、触れたし、会話もできたし、つまり生殖で繁殖した人と変わりない。しかも、腐れ病には罹《かか》らない。

気まぐれで想像しても、それは繁殖にはつながらなかった。何か、やむにやまれぬ、鬼気迫る感覚がないとだめみたい。想像された者のほうが、すでに実在している者よりもよっぽどリアルで存在感があって、想像している側のコントロールがきかないほど自律している、というのかな。そんな怨念というか執念みたいなのが結晶すると、繁殖できる。話がそれたけど、その朝、ぼくはそのような精力に満ちた状態だったわけ。体じゅうが膨張して、はち切れそうだった。

そして実際、はち切れた。皮がむけた。ぼくはその自分の皮を食べ尽くした。えも言われぬ美味だった。思ってたとおり、自分っておいしい。

新品の皮に包まれたぼくは、艶《つや》やかだった。ひとまわり大きくなって、さらにプルリンとグリーンだった。

艶《あで》やかなぼくを見て、しりごみちゃんは思わず漏らしたのだ、いいなあ、と。ため息をつくように。

なれる、なれる、しりごみちゃんもなれるって。綿毛なら、なれるって。

ぼくはそのとき初めて、発明したニックネームで呼んだ。

えー、無理。と言ったきり、またしりごみちゃんは黙ってしまった。

ここぞとばかり、ぼくは促した。

綿毛になって、ふらりふらふら部屋の窓から漂い出て、ふわあふわあと気球に乗ってるみたいに空高く舞い上がって、フラを踊るようにさざ風に身を任せて揺れるのを想像してごらんよ、気持ちいいよ。パステル水色の空に、クリーム色の太陽がぼんやり光って、ベージュの綿毛の自分が浮いている、温暖な感じ。誰もしりごみちゃんを襲わないし、食べないし、疲れたら音もなく原っぱに着地すればいいだけ。

しりごみちゃんは翌日になってから、考えとく、とつぶやくように返事した。

ぼくはまた力説した。

しりごみちゃんも、もう人でいるのが嫌なんでしょ？　人なんか最低なのに、自分も人であることが耐えられないんでしょ？　ぼくもそうだった。

しりごみちゃんは黙って聞いている。

しりごみちゃんも本当は人を大好きだよね。でも、大好きなのにもう誰も信用できないよね。これ以上裏切られるのはもう無理だから、人に会えなくて、じっとしてるんだよね。暗い部屋で身動き取れないで、そんなじめじめした自分を乗り越えようと努めてるんなら、いっそのこと、人じゃない生き物になったら、すっきりすると思わない？　ぼくはそんな迷いを繰り返して、青虫になったんだ。だから、しりごみちゃんも綿毛が合ってると思うんだよ。

さらに何日かしてから、しりごみちゃんはおもむろに、綿毛にはなれたんだけど、と切り出した。

うんうん、なれたんだけど？とぼくはその先を待った。

飛べなかった。

あーもう、完璧。ぼくなんか青虫になるのに、季節八十個ぶん、かかったんだから。今どんな感じ？

頭が綿。

膨らんでる？

うん。

それなら準備オーケーだ。笑ってごらん、毛がプルプル震えるでしょ。

うん。

その髪型、ちょっと見てみたいな。

うまく誘導したつもりだったが、しりごみちゃんはもう警戒して口をつぐんでしまった。

まあ仕方ない、焦《あせ》らずじっくりね。時間はたっぷりあるし、時間はゆっくり進むから。

時間はたっぷりあるって言うけど、のろのろしてたら青虫はサナギになって、成虫になっちゃうんじゃないの？

そんな疑問も湧くかもしれない。事実、街猫のブルーにそう言われた。

街猫のブルーは、太った茶トラのいけ好かない威張《えば》りん坊だけど、人だったときは隣街で「ブルー」という喫茶店をやってたんだそうだ。腐れ病の流行で、誰も店に来なくなって、食えなくなって、でも支援を受けることはプライドが許さなくて、特に、不信だらけの役場に助けてもらうのは死んでも嫌だったので、死んだのだという。でも死んじゃうのも癪《しやく》だから、独立独歩で生き続けられるならと、街猫に繁殖し直した。

全部、本人談なので、本当かどうかはわからない。青虫の身では、隣街まで行って確かめることもできない。

みんないろいろ、あることないこと吹くんですよ。こないだはハクセキレイが、私は歌唱力と美声で有名な歌謡曲歌手だったたって言ってたけど、そこを縄張りにしてるカラスが、アレは人だったことなどない、人になりたくて懸命に想像しているが、想像力が乏しくて、人への繁殖は永遠に叶《かな》わぬだろう、って証言した。

だからぼくも次第に自分の記憶に自信がなくなってくる。本当は二十年間ずっとしがない青虫で、人間のおばさんになりたかっただけなのかな、とか。

でも、おばさんへの憧れなんて、これっぱかりもないんだよね。だって、望みもしないのに、おばさんやってたから。おばさんであることが嫌なんじゃなくて、おばさん扱いされることにムカついてた。

自分がおばさんだって実感なんか、まるでなかった。今は生活に追われてるけど余裕ができたら自分の本分に取り組む、それまでは腐らずにがんばる、と地道に耐えていたら、いつの間にか四十を過ぎ五十になり還暦も超えた。だから、全っ然、歳を取った自覚がない。へたすると、まだ十代の自分が、自分の中に生々しく居たりする。それどころか、女って実感さえなかった。本分に取り組んだときに初めて、自分らしい女になるんだろう、なんて漠然と思ってた。

青いよね、青い。六十七にもなって、まだ青すぎる。惨め。六十七のおばさんぽく振舞っていたけど、地が出たら身の置きどころなくなるかんね。

青いから青虫とか、笑えねー。それはたまたまだけど、でもやっぱり意味もあって、ぼくはこのまま青虫でいるかもしれない、とも思うんだよね。

サナギって何?ってなもんだ。成虫が一人前?　どうしてそこが目的地みたいになるの。ぼくは成虫になるためのコマにすぎないわけ?　とりあえずの、仮の姿?　青虫がゴールで、これがすべてじゃいけないの?　ぼくは完全な青虫でありたいんだよ!　途中のステップなんかじゃない、それだけで充足した、まったき青虫でありたいんだよ!

そもそも、自分が成虫になった姿を想像するという行為が、嫌だ。こんな蝶《ちょう》になりたいとか、イメージするのが気分悪い。蝶になるのかもわからないけどさ。蛾《が》かもしれないし、新種の鳥かもしれないし、サナギから発芽して蘭になるかもしれない。

とにかく、ぼくは何にもならない青虫という種類の生き物をまっとうしたい。あのころの、人の目つきだけでおばさんという成虫にならされる前の、男でも女でもない、その中間地帯をよろよろうろついている、自分のことを「ぼく」と言っている永遠の青娘、青青《あお》年。

これが答えだ、わかったか、ブルー！　オヤジの頭を持つ街猫のおまえには理解できないかもしんないけどよ、耳かっぽじってよーく聞いとけ！

そしたらブルーの野郎、ニヤついた顔で、あー、ほら、オーストラリアだかにいるあの袋動物、何つったっけかな、カンガルーの小さいの。そうそう、ワラビーだ。おまえ、ワラビーだ。あ、違った、ワナビー《wannabe》か。

下水臭いオヤジギャグを放り残して、ブルーは逃げて行きやがった。腐れ街猫が！

ぼくだって、一生このままではいられない可能性もあることは理解している。やがて変生だか転生だかしてしまうかもしれない。

でもそれは、今が何かに変わるための過渡期で、何かに変わったらそれが本物、ということを意味しない。今後、何になろうが、今も本物なんだよ。青虫は蝶より上でも下でもない。そして、何かに変わっても、ぼくはそのときのぼくだし、誰かがどんなぼくであるべきかを決められるわけじゃない。

どうしても何かになるんだったら、自分にも誰にも思いもつかないようなものがいい。想像を超えるような、予定なんかしていないもの。

想像すればそれである、という話と違うじゃないか、って今、言い返した人いるでしょ？誰だ、アライグマか？

ええ、ええ、そのとおりですよ、鋭いよ、アライ君は。

でもね、詭弁《きべん》に聞こえるかもしんないけど、全身全霊で想像するから、想像を超えられるんだよ。想像を超えたいから、一所懸命、想像するんだよ。もし、適当にしか想像しないと、想像したとおりのものしかない。つまりそれは、想像してないってことになる。

思いどおりにならないことばかりだから、それに備えるために、できるだけ考えて準備するわけでしょ。そうすれば、予測できる範囲は広がって、予想外の領域は少なくなる。だから、予想外のことが起きても、こっちも受け止める余裕がある。

言い換えれば、想像すればするほど、自分の容量が増える。キャパシティが広がる。包容力が上がる。

青虫だから何日たったらサナギになって蝶になって、この種類の青虫なら何蝶になって、それは決まっていること、ってみんなが思うことが気に食わない。もう還暦超した女ならおばさんで、おばさんは電車の席に割り込んだり、順番を守らなかったり、知らない人にいきなり話しかけたりする最強の人、みたいな目でばかり見られることで、実際にそんなおばさん化させられていくことが、気に入らない。

そんなこと、ないかもしれないんだよ。ぼくのような柑橘を好む青虫が、帆立トンボになるかもしれないし、緑色人種《りょくしょく》の人間になるかもしれないし、月面バッタになるかもしれないし、青虫のままかもしれない。決めつけないでほしいんだ。ぼくも自分のこと、決めつけたくないいんだ。

いいんだ、永遠のワナビーで。百歳の爺さんだって、死ぬ瞬間までワナビーなんだから。すでに今、腹いせ混じりの暴論めいた説明をしている間にも、ぼくは蛾とか新種の鳥とか蘭とか帆立トンボとか緑色人種とか月面バッタになった自分を想像した。だからもう、それらにはならないし、なりたくない。青虫でいたいのかも、もうわからない。

ほらね、空想すればするほど、道は枝分かれして、無数の道の一本一本が具体的に見えてくる。何にでもなれるわけではないけれど、何にでもなれる可能性だけはずっとある。想像するぼくが続いているかぎり。同じ自分でいるつもりでいても、絶えず自分は変化してるんだよ。水の流れみたいに。

しりごみちゃんは、目覚めているあいだじゅう、がんばっているようだった。懸命に綿毛であろうと努めている感じが、能天気に日光浴しながら葉を削り食んでいるぼくのところまで、伝わってきた。ぼくも心の中で応援した。

ファイティン！

ほら、部屋の中にも風が吹いてきた、綿毛の頭がその風に反応してる、そよいでるよ！

さあ、目を開けて、少しずつ窓ににじり寄って、窓を開いてごらん。クリーム色の太陽とパステル水色に輝く空が見えるでしょ、ちぎれ雲が満開の白《はく》モクレンみたいだよ。世界がしりごみちゃんの場所を用意して待ってる。ねえ、顔をのぞかせてぼくに挨拶させてよ。

無理。できない。

か細く泣くような声が聞こえてきた。

うん、そのままでいい、そのままでいいから。綿毛はふわふわしてるよね。

抜けてきてる。

大丈夫、また生えてくるから。などと、ぼくも苦しまぎれに適当なことを言っている。

そしてすぐバレる。

嘘。生えてくるわけない。

でも大丈夫。きっともうすぐ、窓を開けられるから。そうしたら、飛び始めるから。

無理。綿毛なのに、重くなって床にめり込んでる。

反動だよ。と、自分でも何を言ってるのやら。

沈んでく。

その姿勢でいいから、窓を開けて外を見てみよう。

無理。人は見れない。

人じゃないよ、ぼくは青虫だよ。

青虫になりきれた人に言われたくない。

なりきれてないって。ぼくも集中して青虫でい続けなきゃ、青虫でいられないんだ。一秒一秒、ずっと自分が青虫である努力をしてるから。

もうこんなに綿毛なのに、飛べない。

時間が解決してくれるって。

今、根っこが生えてきた。床をぐいぐいつかんでる。

え、そうなの？　ぼくはうろたえた。

頭が痛くて割れそう。

ぼくは間違ってたんじゃないか、無責任なことけしかけてしまったんじゃないか、という後悔が迫《せ》り上がってくる。

頭が割れて、芽が出てきた。

マジ？

もう無理。そう言ったきり、しりごみちゃんは沈黙した。

どれだけの時間がたったろう。青虫感覚の時間だから、かなり長かったかもしれない。静まり返っていた鎧戸の向こうで、部屋の中で、何かがゆっくり大きく動いている気配が感じられた。

ぼくは悲しみで萎《しぼ》んでしまいそうになりながら、一方で固唾《かたず》をのんで見守っている。

鎧戸がガタピシと揺れ始めた。誰かが戸を開けようとしているというより、中からの圧力に戸がもちこたえられなくなっている感じ。

鎧戸が、その後ろのガラス窓ごと弾《はじ》け飛んだ。

窓枠より大きな、青磁色したエイリアンの頭が、ヌッと突き出た。そのまま緑の茎を長く伸ばしてぼくの目の前まで到達すると、音楽がいきなり始まるみたいに、エイリアンの頭の形をした蕾《つぼみ》が五つに割れて大きく開いた。

秘色《ひそく》に輝くその巨大なまばゆい花は、蘭にも桔梗《ききょう》にも見えたけれど、どんな既存の花でもなかった。それはしりごみちゃん以外の何者でもなかった。花びらの真ん中には、小さな宇宙人の形をしたしりごみちゃんが縮こまっていて、こっちを見ている。

花びらじゅうから、しりごみちゃんが笑っていることが伝わってきた。世界のすべてを寿《ことほ》ぐように笑い続け、笑えば笑うほど花はオパール色に輝き、中央の宇宙人の頭の銀髪が伸びて広がっていく。

ぼくが見惚れている間に、銀髪の一つ一つはさらに細かな和毛《にこげ》を広げ、もう花の中央には収まりきらなくなり、花びらは最後のひと笑いを終えると震えて爆《は》ぜ散り、綿毛となった銀髪が無数に空へ弾け飛び、さざ波の音を立てた。

それは笑うような小声の輪唱だった。

飛べたよ、飛べたよ、飛べたよ、とぼくに囁きかけて去っていった。

ぼくもサナギが近い予感がした。

記憶する密林

私たちが知り合ったのはヒースの丘でだった。

映画俳優ヒース・レジャーの死にショックを受けた私は、安易な慰めだと思ったけれど、「嵐が丘を巡る癒しの旅　ヒースの丘でヒーリング」というパッケージツアーに乗ったのだ。

予想と違って、同行の客の大半はおじさんおばさんたちで、陽気というか騒がしいというか、音が大きかったので、静かに自分に閉じ籠りがちな若い私と空彦《そらひこ》は浮いていた。

それぞれぽつねんと一人で行動していたのだが、メインであるヒースの丘の散策のさいに、とうとう空彦のほうから硬い表情で私に話しかけてきた。

「この光景ももう見られないかもしれないです」

最初のセリフがこれかよ、答えられないじゃないか、と、私でさえその暗さにあきれたほどだった。自殺でもほのめかしているのだろうか、だとしたらどんな返答をすればよいのだろう。

　私が黙っていると、空彦はばつが悪そうに微笑んで言う。

「温暖化でね、ここもやがて砂漠化するんじゃないかって言われているんです。そうしたら『嵐が丘』じゃなくて、ただの『砂丘』になりますね」

「見られなくなるって、そういうことですか」

「そういうことです」

　私は一面、砂だけになったこの丘を想像してみた。砂だけだから人も住まない。物語が起こりようがない。

　しかし今は薄いピンクや紫の細かな袋状の花が咲き、曇り空の下でぼんやりと明かりを灯したように映えている。

「でもね、あんがい、密林になるんじゃないかという気もするんです」

「密林ですか」

「そう。植物ってたくましいから、人間なんかよりよっぽど適応するんですよね。ぼくが育てているブーゲンビリヤなんか、熱帯の植物のはずなのに、気温零度でも屋外で冬を越すんですよ」

最初はベランダで越冬させようとしてほとんどの枝が枯れてしまった、けれどわずかに生き残った幹から春に芽が出て再生した、翌年の冬には生き残る枝が増えて、それを繰り返すうち、真夏の灼熱から真冬の冷却にまで耐えるようになった。そんなことを、かすかに誇らしげな口調で空彦は語った。

「だからここのヒースだって、温暖化に対応してたくましい巨木になって、互いに枝をからまり合わせてジャングルを形作るんじゃないかと」

「それはもうヒースのイメージじゃないですね」

空彦はうなずき、「だからヒースらしい姿が見られるいまのうちに見ておこうと思ったんです」と言った。

「植物、お好きなんですか?」

盛りあがるだろうと踏んでそう尋ねたつもりだったが、空彦は表情を暗くして目を逸《そ》らした。そして少し間を置いてから「いえ」と言った。

「身近な人が亡くなるたびに、鉢植えを一つずつ買っていったんです。そうしたら増えちゃって、枯らすと寂しくなるんで、せっせと世話してるだけです」

私は「そうでしたか」と言ったきり、二の句を継げなくなった。それであとは無言で空彦と並び、ヒースの中を歩き回った。空彦は独り言をつぶやくようにヒースの種類を教えてくれたり、ヒースの映える構図でデジタルカメラのシャッターを押してくれたりした。

これほど沈鬱な男には会ったことがないと辟易《へきえき》していたはずなのに、気づいたら私は空彦とエールを飲みにパブへ行き、ほろ酔いでヒース・レジャーについて熱く語っていた。半パイントのエールで真っ赤に熟れた空彦は、知らない俳優の話を、少し泣きそうにも見える微笑みをたたえて、じっと聞いていた。

帰りの飛行機では、私たちは当然のごとく隣同士に座った。依然として、会話は少なかった。私は、通路を挟んで斜め前に陣取った、同じツアーの熟年夫婦を眺めていた。夫のほうが窓際を希望したのに内側のブロックに振り分けられ、不機嫌になって妻に当たり散らしていた。「俺のアイマスクはどこにしまった」などと怒鳴って、妻に何度もナイロンバッグを上げ下ろしさせたり、「ティッシュをくれ」と命じて、妻がトイレットロールを差しだしたら「こんなの使えるか、恥ずかしい」と叱りつけたりし、そのたびに私もむかっ腹を立てる。重そうなカートをおばさんがよろけながら棚に載せようと奮闘しているのを尻目に、オヤジが読めもしないだろう英語の機内誌を広げたときには、私も思わず立ちあがった。

が、一瞬早く、隣の空彦が立ち、手を差し延べてカートを載せた。おばさんは聞こえよがしに「ありがとね。本当に、若い人は親切でいいね。男の人なら、カート載せるのくらい、わけないもんね」と嫌味を言った。周辺に座っていたツアー客がいっせいに空彦を見、次に私を見た。

席に着いた空彦に、私は「やるじゃん」と耳打ちした。空彦は苦痛に顔をゆがめ、「そんなんじゃないよ。動機は醜いんだ」と吐き捨てるようにつぶやく。

「何であれ、おばさんは助かったんだから、いいじゃない」

「おばさんなんかどうでもいいんだ。俺はたんにあのオヤジに恥掻《か》かせたくて手を貸したんだ」

空彦は声をひそめて言った。

「みんなそう思ってたよ。だから歓迎されたと思うよ」

「それが嫌なんだ。はっきり言えば俺はあのオヤジを絞め殺したいくらいなんだ。爆破させるんでもいい。あのオヤジを殺すためならこの飛行機を墜落させてもいいと思ってる。でも臆病だからそうしないだけなんだ。そんな人間なのに、いいことをした人として歓迎されるのは迷惑きわまりない」

「じゃあ、どうしてあのオヤジを殺したいの？　薄汚いからじゃないの？　そう思うのは当然だし、でもあっけらかんと殺せるわけないのは、誰だって同じでしょう」

空彦の煮ても焼いても食えない性質に慣れてきた私は、適当なレトリックでなだめすかそうとした。要するにこの人はまだ子どもっぽいところがあるのだ。

「そういうことじゃない」

「じゃあ何なのよ」私も面倒になってくる。

「そのうちわかるよ」

そして実際、だいぶたってからその理由を知ることになる。


私が空彦のアパートを初めて訪ねたとき、ベランダには九つの鉢が並んでいた。どれもあまり手入れのされていない緑の草や灌木《かんぼく》で、ヒース以外は花をつけていない。第一印象は、「どいつも、むさ苦しい」だった。

「例のブーゲンビリヤはどれ？」

空彦は、丈が私の胸ほどもあり、四方八方に枝を伸ばし、暑苦しいほど葉を繁らせている木を指した。「これ？　花がないと地味だね。もっとこう、赤とかオレンジの花がほころぶように咲き乱れてるもんじゃないの？　これも温暖化のせい？」

「熱帯なら四六時中花をつけるけど、日本は四季があるから、自然に任せてるとなかなか花つけないんだ」

「自然に任せないと花咲くわけ？」

「枝落としたりすると咲くみたいだけど、俺、剪定《せんてい》とかできないんだよね。生えたいように生えるのがいいとか思っちゃうんだよ。実際には、植物のためにも切ったほうがいいんだとわかってはいるんだけど、この園芸用に改良された植物が野生化したらいいって気持ちが強くてね」

私はヒースの丘が温暖化でどうなるかという話を思い出し、「密林になればいいってこと?」と聞いた。とたんに、空彦の目には熱を含んだ光が宿った。

「そうなんだよ。本当はこのベランダが密林になればいいと思うんだ」

「その、気に障ったら答えなくていいんだけど、枯らしてしまった植物はないの?」

空彦は得意げな笑みをたたえて、「ない。どれも適応させた」と断言した。

「このブーゲンビリヤは、その、どなたの……」

「俺のお父さん」

そう言ったきり、空彦の目から電熱が消え、不機嫌に口をつぐんでしまった。私も、デリカシーを欠いた不用意な質問だったと反省し、「暑いね」と言って室内に戻ろうとした。ところが空彦のほうから、「ブーゲンビリヤが最初で、次がおじいちゃんで、その鉢で、それからおばあちゃんがそっちで」と示し始めたのだ。

私には名前のわからない植物ばかりだった。シダらしきもの、ワカメが陸上に生えたようなもの、ブロッコリーに似た草、苔《こけ》の一種と思しきもの。
「このバナナは？」
私はひときわ大きく濃い木を指さした。バナナだとわかったのは、小さな実がなってい
たからだ。
「高校時代の友だち。大学生のとき、バイクで事故って死んだ。それが四番目」
空彦は私の目を昏《くら》いまなざしで見つめた。私は目が逸らせなかった。空彦は、一つ一つ
の鉢に目をやり、その都度、我に返ったように訥々《とつとつ》と説明をする。
「五番目はそのコウモリランで、会社の同期の友だち。入社二年目で自殺した」
「六番目のガジュマルは、小学校からの友だちのお父さんで自殺。その気根《きこん》がたくさん垂
れているやつだよ」
「クロコダイルリーフは自分で買ったんじゃない。直属の上司が過労死したときの告別式
でもらった。睡眠薬とかを大量に飲んで死んで、過労死認定された」
「八番目は一つ上の先輩が自殺した日に偶然買った雲間草《くもまぐさ》」
「九つ目はまだひと月前。会社の二つ下の後輩が自殺して、そのお通夜の帰りに、植物の
殿堂『からしや』で目が合ったから、そのヒースを買った。それであの旅にも行ったんだ
よ」

「それで、もしかしたら、十番目も買わないといけないかもしれない」

空彦はそのとき二十七歳だった。私より二歳年上なだけなのに、死に覆われていた。私は自分が葬式に出た回数を数えてみた。母方の祖父、父方の祖母の兄、高校時代の友だちのお母さん。いずれも病気で亡くなった。

私には空彦の気持ちなどわからないと思った。重すぎて、私の手には余る。

「ひと月前のお通夜の帰り、職場の連中でお茶したんだよね。みんなが泣くのが何だか嘘くさく思えて、俺は、鬱病《うつびょう》の人は死んじゃうこともあるんだ、誰にも止められないこともあるんだ、と言っちゃったんだよ。そんなことわかってるけど、そんな言い方をするのは人非人《にんぴにん》だって、総スカン食らった。そのときは、人非人だと言ってもらって少し気が楽になった。でも、あんなセリフを口にした当人が一番こたえたんだよ。俺は自殺に慣れてしまったんだって思い知らされて。自分にとってどんな大切な人が自殺しても、俺は麻痺して何も感じないんだろうなってわかって。そんなやつが、鉢植えを育ててるなんて、たちの悪い冗談でしかない」

私はもう耐えがたかった。何を好きこのんで、こんな根暗で露悪的で小心で甘えん坊な難しい男の相手をしなくちゃならないんだ、と腹も立ってきた。

にもかかわらず、三日と置かずに私はこのアパートに舞い戻り、住みついてしまったのだった。

今ならそのわけが、十番目の花を買わせたくなかったからだとわかる。私は明瞭に意識していたわけではなかったのだが、十番目の鉢とは空彦自身だという気がどこかでしていた。

結果はあまりに虚しかった。

きっかけはごく些細《ささい》なことだった。日曜日に二人で映画を見に行った帰り、アパートの階段上がり口で同じ階に住む熟年夫婦と鉢合わせしたときのこと。まず私とおばさんが同時に「こんばんは」と挨拶をした。だが、オヤジは頭も下げずにあらぬほうを向いている。そこまではよくある光景だ。近所の女同士が挨拶を交わしている横で、ぷいっと顔を背けて挨拶しない男。

空彦の声も聞こえてこないので、私は空彦を振り返った。空彦はさっさと階段を上ろうとしていた。

部屋に入るなり私は、「あんた、あのオヤジ以下じゃないの!」と空彦をなじった。

「いっつもそうなわけ? 挨拶ぐらい普通にしなさいよ。イギリスから帰る飛行機で、おつれあいの荷物上げるの手伝わなかったオヤジ、殺したいって言ってたじゃないの。あれと変わらないよ?」

空彦は自嘲的な笑いを浮かべて聞いていたが、苦痛で顔がゆがむあまり、笑いには見えなかった。そして私が一息つくと、小さく「何を今さら」と苦々しげに言った。

「男なんかみんな、あのオヤジと似たり寄ったりだよ。たいていのやつはそのことに気がつかないでいるから、生きてられるんだ。気づいたら自分の醜さに耐えられなくなる。そうやって次々と死んでいくんだ。だから俺は、気づこうともせずにのうのうと生きてるあの手のオヤジが許せなくて、殺したくなるんだよ。でもって、気づいてるのにおめおめと生き恥さらしてる自分は、あのオヤジ以下の最低ってこと。そんな男が爽やかに挨拶できるはずもないだろ」

最後のセリフにキレた私は、空彦の幼児性を責めまくった。逃げ場のない地点まで追いつめて、叩きのめした。最後には二人とも泣きながら言い合い、疲れて眠ってしまった。ある種のカタルシスを感じながらのその眠りは心地よく、私は空彦との生活に初めてかすかな幸福を感じ、これだけ言い争えるなら二人でやっていけるという手応えを得ていた。

それが生きている空彦を見た最後だった。

遺品の鉢すべてを私はもらい受けたかったが、空彦の唯一の肉親であるお母様が、どの植物も空彦の感じがするから手元に置いておきたいとおっしゃるので、頼み込んでヒースだけを譲ってもらった。なぜなら、そのヒースと私は、目が合ったのだ。私は訴えかけられている、と思った。

しばらくはヒースの鉢を見ては泣いてばかりいた。泣きすぎて自分が溶けて流れて、もぬけの殻になっているのに、まだまだ泣くのだ。泣くために食べ、泣くために仕事をし、泣くために生きていた。

環境が変わったせいだろう、そのヒースは次第に元気を失っていった。うちのベランダに持ってきた当初は、日当たりがよいためか、薄桃色のぼんぼりのような花をつけ始めた。けれど、小さな花芽が育たないうちにそのまま枯れ、茶色くかさぶたのように乾いていく。さらには枝々の先端がしおれてうなだれ、細かい針のような葉も枯れていく。どうすればよいかをインターネットなどで調べまくって、あらゆる手だてを講じた。けれどいっこうに回復する気配はない。

四分の三ほどが枯れ死んだところで、私はパニックに陥った。このヒースが完全に枯れたら、空彦も完全に消える。空彦だけじゃない、私がこれまで生きてきた痕跡も消える。私には、頼ってくる弱い命を生きながらえさせる力さえないのだと絶望した。途方に暮れるあまり、土下座して、空彦のお母様に引き取ってもらうことさえ考えた。

最終的に放置することに決めたのは、空彦がそうしてきたからだ。適応するかどうかはわからない。でも植物のたくましさに賭けるほかない。私はただ、必要な分の水をやるだけだった。

はたして、ヒースはみごとに適応してくれた。四分の一に減ったところから、猛然と回復した。それまでよりも緑の濃い新しい枝が次々と伸び、それまでの枝には蛍が群舞するかのように花芽がついて太った。私は時間の許すかぎり、ヒースを見続けた。見ていれば、花芽が太って開く瞬間も、枝が伸びていく様子も、捉えられる気がした。夜、寝ている間も惜しくて、私は窓に顔を擦りつけるように眠った。

その窓から、空彦が私をのぞき込んでいたのだった。

夜の闇と朝の光が溶けて入り交じる、かわたれ時だった。夢うつつだった私の頭は、一瞬、窓ガラスに浮かんだ空彦の顔を目にして、たちまち醒《さ》めた。私はガラスを調べ、窓を開けてベランダを探った。

何も発見できず、窓を閉めて布団に入ったとき、また空彦の顔が浮かんですぐ消えた。

私は待った。その朝はあと三回、空彦を見た。翌日は四回だった。そして、それはヒースの花が開くときの現象であることを突きとめた。蕾が力を緩めてほっと花弁をほころばせるとき、空彦の姿が光となってあたりに漂い、窓ガラスがスクリーンとなってその光を映すのだ。それはヒースの花の、ため息のようだった。

どうしてそんな投影が起こるのか、わからない。空彦の魂がこのヒースの葉に宿っているからなのか。ヒースが、いつも近くにいて構っていた空彦の気配を記憶し、思い出すともなく思い出しているからか。

いずれにしても、ヒースが空彦を保存していることに違いはない。きっと空彦も、植物のこの力を知って、鉢植えを育てていたのだろう。

あれから一年がたった今、私は、空彦の記憶を持つヒースを増やそうとしている。挿し木で五つの鉢植えを新たに作った。やがてはベランダにじかに土を敷き、すべてのヒースを植えて、小さな藪を作るのだ。その藪は熱帯化する私のベランダで密生した森に育ち、ついにはヒースの密林をなし、無数のぼんぼりのような花を灯し、息苦しいまでに濃密な生々しさを備えた空彦を、密林のただ中で出現させるだろう。そして私に向かって、おはようと挨拶をするのだ。

スキン・プランツ

最初はワンポイント・タトゥーの代わりから始まったと言います。誰もが思いつかない独創的なタトゥーを入れたいと望んだやんきーが、唐草模様を彫る代わりに本物の草を生やしてみようと思いつき、一念発起。農業大学に入って何十年も研究を重ねた末、人のDNAと草のDNAを融合させることに成功、「タトゥー・プラント」と名づけて小さなアイビーを肩から生やしてみせたのです。

彼はいつもタンクトップを着て、肩から健気に伸びて胸を張るように一枚葉を広げるアイビーを見せびらかしました。アイビーは丈夫なので、うっかり折れたりちぎれたりしても、すぐにまた生えてきます。ヒゲみたいに、しばらく伸ばすこともできます。自分は研究に人生を捧げて家族を持たなかったけれど、今は手ずから育てたアイビーと人生をともにしていて幸せこの上ない、と愛おしそうに肩のアイビーをなでながら語る彼の姿は見る人の胸を打ち、園芸やガーデニングの新しいあり方として注目を集めました。

これに目をつけたのが、かつら会社でした。この技術を何とか発毛に活かせないかと考えたわけです。研究者たちが必死で毛髪に植物の遺伝子を組み込もうと努力しているなか、発想の転換をした一人が、自ら実験を行いました。すなわち禿《は》げ上がった自分の頭一面に、葉の細かなアイビーをびっしりと植えつけたのです。名づけて、「ヘア・プラント」。アイビーが葉っぱ三、四枚分まで伸びると、緑のドレッドヘアのような髪型（葉型?）ができあがりました。

彼はその姿で人前に姿を現し、「頭に、庭。」「緑の黒髪は地球にやさしい」等のコピーをこしらえて、その新しさを訴えました。タトゥー・プラントの流行で下地もできていたのでしょう、爆発的に当たりました。元来お洒落のセンス抜群だった彼が、毎週、刈り込み方を変えて斬新なヘアスタイルを作ったり、自分の髪を振って深呼吸をし「ああ空気がうまい」と感嘆したり、刈り取ったアイビー毛を土や水に挿して家の中の緑を増やして見せたりしていると、何だか本当に心地よさそうで、脱毛に悩んでいる、いないに関係なく、人々はヘア・プラントに殺到しました。

必要は発明の母。需要が高まると、要求も多様になり、それに応えて研究も進み、アイビーだけでなくさまざまな草が植物毛として開発されました。ストレートヘアの欲しい人には細いネギのノビル毛、ソバージュにしたいロックミュージシャンにはヘチマ毛やゴーヤ毛、高校球児用には苔毛、逆立てたい人には芝生毛。その他じつにアイデア豊富なオリジナル毛が百出しました。麻をロン毛に生やして編んだ「ウォーリアーズ」なるバンドのメンバーが、自らの頭から採取した葉っぱを吸って大麻取締法違反で逮捕された時代、と言えば、ご記憶の方もいらっしゃるかもしれませんね。

タトゥー・プラントとヘア・プラントは合わせて「スキン・プランツ」と総称されるようになり、ほどなく流行の範疇《はんちゅう》を超え、普遍的なお洒落として定着しました。手首にブレスレットっぽく蔓草《つるくさ》をからませたり、臍《へそ》にピアスのように芽をたくさん並べたり、苔で細眉をデザインしたり、といった純粋なファッションから、炎天下で作業する人たちが頭にサトイモを傘状に生やしたり、営業マンが額にオジギソウをつけて葉と一緒に頭を下げたり、一人暮らしの人が頭にカイワレやアルファルファを常備してときおり収穫しては食卓に載せたりといった実用的な使われ方も広がります。

もっとも、この「自給自足」は論議を呼びました。自分の肉体を栄養にして育てた植物は自分の一部みたいなもので、それを食べるというのは、自分を食べて自分を養うという自家撞着であり、本当には栄養を摂取したことにはならないのではないか、というのです。

それなら他人の頭に生えた草を食べればいいのか、それは他人の人肉を食べたことにならないか、などと議論は沸騰し、「いったいどこまでが人間か」「〈私〉とは草か」といった哲学的な問いにまで踏み込んでいったのでした。むろん、結論など出やしません。

ところで皆さんのうちには、「なぜ観葉植物が多くて、花を楽しむ草はあまり言及されないのだろう」と疑問に思っていらっしゃる方もいるかもしれませんね。スキン・プランツはしばらくの間、茎と葉だけが利用されました。縮れ毛として人気のあったヘチマやゴーヤも、花芽がつかないよう遺伝子処理が施されていました。実際には消費者の欲望は花へと向かいつつあったのですが、業界団体は「緑の黒髪」だとか「CO_2を吸収するのはグリーンの葉」といったイメージで何とか注意を逸らそうと必死でした。一般に知られたらとたんにスキン・プランツが見向きもされなくなるような事件が起こっていたからです。それはタトゥー・フラワーの開発中のことでした。

ワンポイントで二の腕にベゴニアを植えられた被験者の大学生の女性が、花が咲いたとたんに衰弱死したのです。蕾をつけたころから弱り始めてはいたのですが、まさか事切れるとは誰も予測していませんでした。花を咲かせるには膨大なエネルギーが必要で、小さなベゴニアの花一輪でも、体力のある若者が命を落とすほどの消耗だったのです。

しかし、花を求める欲望をいつまでも抑えつけておけるわけではありません。業界も、これに成功すれば市場規模は爆発的に広がるので、世界的な植物の殿堂「からしや」を始め、内外の企業や投資家から兆のケタにのぼる資金を集め、世界中の頭脳をセルロース・バレーに結集し、研究開発をスピードアップさせました。

その間、花なしでも満足できるような付加価値を次々と打ち出す必要があり、スキン・プランツは驚異的な進化を遂げます。ポインセチアやドラセナ、花キャベツ、カナメモチなどを参考に、葉にも赤や黄色、ついにはブルーまで、緑系以外の色がつき始めます。また品種改良が進んだおかげで、一番の悩みだった虫がつかないタイプが登場しました。繊維が強くなって細くても折れにくくなったのも、激しく体を動かす人たちに歓迎されます。

さらに重大な進化は、手軽になったことでした。それまでは、すでに根と葉が出た小さな苗を手術で肌に埋め込む必要があり、タトゥーを入れるぐらいの手間と痛みと費用が必要だったため、相応の金と覚悟が求められました。ところが、皮膚と同質の粘着テープで種子を肌に貼りつけておけば芽が出るようになり、クローン技術で量産できるようになると、それまでシャットアウトされていた貧困層や臆病層にも普及してゆきます。さらには、まるで綿毛が風に乗るように、国境と海も越えて世界中に行き渡ります。特に経済的に貧しい地域では、それぐらいしか娯楽がなかったこと、食糧にもなるという幻想が与えられたことなどが要因となって、毛皮のように全身をスキン・プランツで覆うことが流行しました。

一方、花の開発は行き詰まっていました。開花に必要なエネルギーをいかに小さくできるか、またそのエネルギーを人体からいかに効率よく集めるかが焦点でしたが、どちらも限界がありました。原子力エネルギーを体内で利用するという研究まで真剣に進められたりしたあげく、およそ十年という想定外の時間が過ぎたところで、研究チームは現状を世界に向けて発表します。それは、「宿主をかろうじて死なせずに開花できるところまではたどり着けたが、非常に大きなリスクを伴う。そしてこれ以上、リスクを減らすことは理論的に不可能」というものでした。

リスクの内容は公にはされなかったものの、先進諸国は開発を禁じました。しかし巨額の投資を受けて今さら引き返せない業界は、莫大な経済援助と引き替えに、開発を禁じていない地域で、商品化に踏み切ります。地域住民を極秘の被験者とした人体実験が行われ、実際に花が咲いたとき、ジャーナリストたちの決死の潜入ルポなどにより、リスクとはいかなるものであったのか、ちまたの人々にも明らかになったのです。

それは性欲の消滅でした。肌に貼りつけた種が発芽したときから、その人は性欲を失うのです。たんに性的な気分が消えるだけでなく、実際の生殖のための機能も失われます。つまり、成人の体の日常活動を支える原動力の一つである、生殖エネルギーを堰《せ》き止めることによって、スキン・プランツは花を咲かせるのに必要なエネルギーを蓄えるわけです。そして、一度花を咲かせた人の体は、もはや性的には機能を終了して、元には戻らないのでした。国家が開発を禁止するほどのリスクとは、新しい世代が誕生しなくなる危機、すなわち将来、人間がいなくなる可能性だったのです。

子どもを取るか、花を取るか？　その二者択一だけだったら、子どもの欲しい人たちは子どもをもうけてから花を咲かすという手もあったでしょう。ですが、現実にはそのような冷静な選択は不可能でした。次のような字幕付きの隠し撮り映像が、当時のYouTubeに流出しています。

「頭に花が咲いたときはどんな気分だった？」

「すっごい気持ちよかった」

「セックスとどっちが気持ちいい？」

「ああ、もうそういうのとは話が違ってて。しみじみ、幸せだなあというか、生きててよかったなあというか」

「満足感？」

「うーん、まあそうと言えば言えるのかもしれないけど、もっと基本的な感情。なんだ、私、ここにいるじゃん、って我に返って落ち着いたというか」

ブーケの下に顔がついているかのような、艶やかな花が頭一面を埋め尽くして盛りあがっているこの南アジア人の女性の映像は、見る人の胸を妖《あや》しく掻きたてました。黄色いアイリス、ベニバナ、ガーベラ、紅《くれない》の薔薇、ヒメユリ……。それらの花は飾りなどではなく、頭皮からじかに生えて咲き乱れているのです。花びらの赤も黄色も葉の緑も、その体が作り出したものなのだと思うと、笑いたいような泣きたいような気持ちが湧きあがってきます。焦《こ》げつくような胸騒ぎは高まる一方で、やがて多くの人々が、人間はこんなに美しく生きたっていいんだ、何も人間っぽさにこだわろうとしなくていいんだ、あたりまえのことを忘れていた気がする、と考えるようになり、花を受け入れる心の準備を整えていきました。

花を咲かせるエネルギーがもうないとされた老齢で体力の落ちた人たちの中には、洗脳されているのだとか、多幸感をもたらす依存性の薬物が仕込んであるのだとか、陰謀説を唱える人もいましたが、いざ、自分の身近な者たちが、サイケデリックなアフロヘアのように髪花を盛りあがらせているのを目にすると、この歳まで生きていてよかった、自分は幸せ者だと気づくのでした。

モニター期間が終了すると、花の咲くスキン・プランツの種はなぜか無償で、全世界一斉に配布されます。法で禁じても、変哲のない種を取り締まるのは不可能でした。瞬く間に種は行き渡り、発芽していきます。植えつけをためらった人も確かにいましたが、一年後の統計によると、実に八割近くの成人が種を頭皮に植えています。

ああ、幸福だけが満ちていたあの時代をどうやって表現したらいいのでしょう。写真や映像でご覧になった方は多いと思います。それらを見るだけでも、胸がときめいたのではないですか。

数か月後、この世は、極楽とも見まごうばかりの異空間へと変わりました。まさに百花繚乱でした。例えば都心の交差点を俯瞰すれば、歩道を埋め尽くす人の頭にはありとあらゆる花が咲き乱れています。満員電車の中は、花の色で目がちらつくのみならず、花の香りにむせばんばかり。休日に人が押し寄せる近郊の山や草原では、まるで花が自立して歩き回っているかのよう。海水浴場のビーチも人の花で埋め尽くされ、海では花が泳いでいます。職場にも学校にも議会にも居酒屋にも、人のいるところ花が満ちあふれているのでした。

性犯罪が激減したのは、思わぬ副次効果でした。なくなってみると、日常がどれほど性にまつわる犯罪や暴力や嫌がらせで成り立っていたのかと、背筋が寒くなるほどです。

代わりに増えたのが、この風潮に絶望を感じた反スキン・プランツ主義者たちによる暴行です。その多くは頭花をむしり取るぐらいで、むしり取られた人は次の種を植えればよかったのですが、中には頭皮ごと剝《は》ぎ取ってしまうという残虐な犯行もありました。かれらはやがて、こっそり種を植えつけられるという報復に遭い、自然消滅してゆきます。反スキン・プランツ主義者たちの破壊活動は、それでもまだ繁殖しようと足掻《あが》く旧人類の、断末魔のうめきだったのでしょう。

そうです、あのとき人類はもう覚悟していたのです。この美しい幻惑的な光景と引き替えに、人間は自分たちの世代で滅亡するのだと。それは、自分たちはこんなに幸せな思いをしたからもういいのだ、滅亡したって後のことは関係ない、といった身勝手な開き直りとはまったく違いました。人間は終着点まで来たのだから素直に終わろうというような、運命を静かに受け入れる悟りの境地にあったと言えましょう。

正式な記録ではありませんが、人々の頭に花が咲き乱れ始めてから三年後に、最後の人類の子どもが生まれたと言われています。その子は友だちがいなくて寂しい人生だったでしょうね。世間からはすっかり赤ん坊の姿が消えました。花が咲くと同時に息絶える高齢者も増えました。そのまま焼かずに土に埋めると、スキン・プランツが土中から姿を現し、土に根づいて墓をなします。

スキン・プランツは改良が重ねられ、植え合わせのセンスも磨かれていきました。深紅のレッドジンジャー、ダリア、ケイトウを、とさかのように立てている若者。洗うとブルーから紫に変色するアジサイ、トルコキキョウ、カーネーション、ランを、パーマをかけたようにもこもこと盛り上げているおばさん。どうしておばさんは紫色の頭が好きなんでしょうね。年や季節、地域によって、流行の花や色なども変わりました。

花はいつまでも咲いているわけではありませんから、しかるべき時間がたつと枯れて落ちます。土植えの植物同様、受粉した花は落ちたあとに実を結びます。実が熟れる前に刈り取って新しい種を植えてしまうせっかちな人もいますが、たいていは自然に任せました。だから、植物毛の先からスグリを実らせていたりゴーヤをぶら下げていたりする姿も、なじみ深いものとなりました。熟した実が落ちれば、やがてその種が地中に埋まります。そうして地球の表面にスキン・プランツの種が蓄積されていきました。

その種がどうなるのかは、研究開発した者たちにも見当がつかなかったようです。種をもう一度肌に植えつけた者たちもいましたが、発芽した例はありませんでした。ところが五年後、どうやらスキン・プランツが生長したらしき植物が見つかったという報告がありました。地域住民にモニター試験が施された南アジアで、リュウゼツランのような多肉植物の中央から茎が伸びて、その先に人間の胎児の形をしたこぶし大の緑色の実がなっていたのです。ビデオカメラが設置され、研究員が二十四時間つきっきりで、慎重に経過が観察されました。

胎児の実は次第に大きくなり、緑色から薄い桃色へと色づき、ときおり体をピクピクと痙攣《けいれん》させています。観察から五か月後にはほぼ完全に人間の赤ん坊となり、茎では支えきれずに揺れています。そして、その不安定さを嫌って身をよじった瞬間、茎から臍が外れて赤ん坊は葉の間に転がり落ち、人間の声で泣き始めました。

世界中が涙を流しました。滅亡することを自然のこととして受け入れていたけれど、人類はまだ続くのだとわかってみれば、やはり感慨が湧くのは当然でしょう。

どうやらその子は最初に発見された第一号というわけではなく、すでにその村ではそうして誕生した赤ん坊たちを村の人たちが育てていました。世界各地でそのようにして五年ぶりに赤ん坊が続々と生まれ、その子たちが「幸福な花の子どもたち」あるいは「フラワーズ」と呼ばれていることは、皆さんもご存じですね。そしてお察しのように、ぼくもその一人であるわけです。

「フラワーズ」には、人間としての生殖能力がありません。卵巣、子宮、精巣といった生殖器官が初めからないのです。一方、あらゆる体毛はすべて草でできています。誕生から十五年ほどすると、その草の毛髪部分が花芽をつけ始めます。ぼくらの親世代のように、自由に植え替えたりはできません。それぞれが持って生まれた花をつけます。ぼくにも今その花芽が現れて、蕾へと太っている最中です。花が咲くのももうじきでしょう。「フラワーズ」の早熟なやつが最初に花をつけたのはもう五年ぐらい前なので、ぼくは自分がどうなるのか、ある程度わかっています。

最初に開花した「フラワーズ」の例によると、花の後にはやはり結実し、種ができます。地表に落ちた種は二年ぐらいで発芽し、三年目ぐらいで胎児の実をつけます。その実は生長していきますが、ぼくらと違って肌色には色づかず、緑のままです。五か月ほどして人間の赤ん坊を細くしたぐらいに育ったところで、首のつけ根や脇の下、股間などから新しい芽が出ます。すると、目を開き泣き始めますが、臍は外れません。臍の緒の茎は、蔓《つる》状に長く伸びていきます。つまり、人間の姿をして動くようになりながら、あくまでも草の一部として育っていくようなのです。ミルクをやれば飲むし、おもちゃを持たせれば遊ぶし、言葉も覚えたりします。ただ、茎につながれていて動ける範囲が限られているだけでなく、蜘蛛の巣の中にいるように体中から新しい蔓が伸びて周囲にからまっている。

おわかりですね。ぼくら「フラワーズ」の次の世代は、より植物の割合が高い人間なのです。人間はこうして、少しずつ植物と一体化していくのかもしれません。その証拠の一つに、ぼくらが生み出す種は、どんな環境でも生えて育つらしいのです。

ぼくらは親がはっきりしませんから、標準がみなしごです。そのせいなのかどうか、どうも放浪癖が備わっている。先日も、ヨーロッパ南部のフラワーズがさみだれ式にアフリカ西部の砂漠地帯へ集まっていると聞きました。

ともかく、気の向くままに散っていき、種を蒔き散らす。砂漠でも湿地でも極寒の地でも岩場でも、都会のアスファルトでも空気中でも、発芽して生長している例が報告されています。

それでぼくの場合はなぜか金属の上に種を蒔き散らしたい気持ちが強いのです。そうあちこちで公言していたら、こうして宇宙ステーションへと送られてきたわけです。ぼくの種は、ステーションの外壁に貼りつけられるそうです。真空です。月面に蒔いてみるかもしれないという話もあります。

皆さんが宇宙時間でわずかな年月を過ごしている間に、人間はこのようになりました。将来のことは誰にもわかりません。ぼくは、人間がほとんど植物と化して、でも完全には植物ではなくて、もしかしたら移動する能力とかを持っている草木となって、地球上に繁茂するのではないかと思っています。人間は生態系を破壊してきたと言われてきましたが、もしかしたらそれも運命に書き込まれていたことかもしれません。つまり、ヒトが体に花を移植したいと欲望し、生殖を捨てて花を咲かせ、次第に植物に近づいていくよう、DN

Aの中にプログラムされていたのかもしれないと思うのです。

ぼくらは親世代より生長が早く、十五歳ぐらいで次世代を残しているので、たぶん寿命も短いでしょう。二十年か三十年か、そのぐらいだと思います。次世代はもっと早く花をつけるでしょう。

このステーションから、地球が色とりどりの人花で覆い尽くされる光景がいつか見られるかもしれませんね。命の華やぎをそうやって眺めるのは、さぞかし幸せなことでしょう。ぼくが生きている間は無理だと思いますが、想像するだけでも心躍ります。何と言っても、ぼくらは幸福な花の子どもたちなのですから。

ぜんまいどおし

コチコチコチコチコチと時計が時を刻んでいる。つい文字盤を見てしまうが、針はない。時刻を示しはしないけれど、時を刻んでいる。

昼下がりだった。葟蓴《ほしの》はこの古い洋館で植物転換手術を受け、長らくの経過観察を経て、ようやくリビングに出してもらえたのだ。看護師は、「この時計の音に体のリズムを合わせていくよう、努力してください」と言った。「この時計は、いわば葟蓴さんのペースメーカーですから」

そう言われても、踊るわけでも演奏するわけでもないのに、どうリズムを合わせればよいのかわからない。葟蓴はただ、部屋の中央にぽつんと置かれた椅子に座った。

「あれが」と看護師は壁ぎわの椅子を指さした。「動物時代の葟蓴さんの心臓です。もう植物化処置が施されていますけどね」

「心臓」はガラス製のデキャンタに活けられ、緑の葉が炎のように伸びている。デキャンタの中では、白い根がからまっている。

「代わりに葦野さんを動かす原動力となっているのが、それです」と今度は床を示す。

窓際の日だまりに、ぜんまいが数本、切り取られて置かれていた。葦野は思わず自分の胸に手を当てた。鼓動はない。

看護師は微笑んでうなずき、言った。

「そうです。葦野さんもあの時計と同じで、ぜんまい仕掛けで動いているのです。すっかり植物に転換したら、普通は動く必要などなくなるのですが、葦野さんはかの有名な架空の歩行植物トリフィドに憧れているということでしたので、動力としてぜんまいを組み込んだわけです。そのために葦野さんの新しい器官は、ぜんまいが主体となっています」

そう説明すると看護師は、葦野が羽織っている若草色の検査着の胸元にすっと手を差し込み胸をはだけ、乳首をつまんで回した。胸の皮が扉のように開いた。真ん中の空洞にはぜんまいが収まり、巻きがほどける方向にゆっくりと回転している。その奥には、連動する花歯車群が複雑に回っている。

看護師はぜんまいの中央に人差し指を差し込み、巻きが締まる方向へ少しねじった。とたんに堇蓆は活力が湧くのを感じた。

「自動巻きではないので、ときどき、こうして巻いてください」。看護師は蓋を閉めた。

堇蓆はうなずいて、床に転がされたぜんまいを一本、つまみ上げようとした。

「それら殺されたぜんまいは、堇蓆さんのためのスペアですから、大切にしてくださいね。この季節を過ぎたら、スペアの入手は難しくなりますから」

「殺されたぜんまい」

「そうです。堇蓆さんのために殺されたのです。生け花はどれも植物の死体です。やましいから『生』とか『活』という字を使うんです」

「すべてのぜんまいが壊れたら、どうなるんです」

「動かなくなるんです。動かなくなると堇蓆さんから根が生えます」

「やはりね」

「ではしばらくリズム合わせに集中してください」

そう言うと看護師は出ていった。

コチコチコチと時計の音だけが鳴っていた。手首で脈を取ってみたが、脈拍は皆無だった。

窓ぎわには、バナナ象のつがいが二本、鉢植えにされている。堇蓆はバナナ象に近寄った。バナナ象たちは、スローモーションで戯れている。大きいほうのバナナ象が小さいほうのバナナ象にのしかかって震えたり、バナナをつまみ合ったり、うたた寝して舟を漕いだりしている。

葟蓐が顔を近づけると、バナナ象の花＝鼻から、かすかに腐ったようなにおいが漂い出た。たてがみのようなバナナの房を触ると、バナナ象は花を揺らした。

そういえば腹が減っていると思い、葟蓐は房からバナナを二本、もぎ取って食べた。バナナ象は嫌がるでもなかった。ただ葟蓐のほうは奇妙な気分だった。生肉を手でちぎって食らっているような、野蛮な感じがある。

葟蓐はいま一度、バナナ象全体を細かく観察した。根もとにはかすかに象の足の原形が留められている。

やはりそうか。こいつは失敗組だ。バナナ象たちも、植物転換手術を受けた直後は、今の葟蓐のように動いていたのだろう。それが何かの原因で動けなくなり、根が生え、こうしてバナナ象の木に変わったのだ。

「手術に失敗した場合は、ただ新種の草木となって、当植物館で栽培されることになります」と執刀医は説明していた。

「それで構いません」と葟蓐は了承した。何しろ植物転換手術は、まだ試験段階なのだ。

葦蘚は、被験者を募集しているパンフレットを見て、応募した。

パンフレットは、有機植物館「プランティズム」のトイレに、さり気なく置かれていた。葦蘚は便器に腰掛けたまま、それを読んだ。屎尿《しにょう》はおがくずや米ぬかと混ぜて分解処理され、館内で育成されている植物の肥料となる、というのがこの有機植物館の売りだった。植物の一部になりたいとかねてから熱望していた葦蘚は、そのトイレで排泄するのが一つの夢だった。就職できずに植物の殿堂「からしや」のバイトとして、時給七百五十円のかつかつの生活をしていたから、同じ「からしや」傘下の研究所のくせに、アルバイトからも入場料八千円をふんだくる「プランティズム」にはなかなか入れなかったが、一年間の禁煙ののちに、ようやく夢を実現させたのだ。だから葦蘚は下剤まで用意して、三回、排泄した。その三回目を終えて至福のため息をついたとき、便座の脇のベニヤ壁に手作りの箱が画鋲で留められ、その中にパンフレットが何枚か挿してあるのに気づいたわけだ。

「当植物館が有機を謳《うた》っているのは、肥料のせいだけではありません」と書いてある。

「あなたも植物の一員として参加できるという意味でもあるのです」

まだ実験段階であるが、最新の生体工学技術を用いて、植物特有の能力を人間にも活かそうというプロジェクトが始まっている。すなわち、全身のあらゆる部位が自己再生可能な人体を、植物の能力を組み込むことで実現しようという試みだ。現在の治療法である、どんな臓器にも変わりうる多能性幹細胞を人工的に作って移植するのではなく、自分の細胞が自動で判断して、欠損や機能不全に陥った部分を再生させる。肝臓が疾患で働かなくなれば、勝手に体が診断して肝臓を修復する。指を切り落とせば、指が生えてくる。聴覚を失えば、神経細胞を作り直す。

成功したあかつきには、どんな臓器も人体パーツも再生可能になる。臓器を目的とした人身売買の問題も解決する。光合成能力を組み込むことができれば、来るべき食糧不足も緩和できよう。そういう「植物人間」を開発しているのが、当有機植物館のもう一つの目的である。

ついては、実験台となってくれる有志を求めている。成功すれば、驚異の再生力を有する医者いらずの体が手に入れられるかもしれない。寿命も延びると思われる。平均寿命までは生きられるだけの報酬も約束する。だが、失敗する確率も少なくない。そのときは、「人間植物」となって、人体の一部を取り込んだ植物と化してしまう。じつはそういった新種の人間植物も、この有機植物館では数多く栽培され、ご来館のみなさまに驚きを与えている。つまり、当館の優秀なスタッフが愛情を持って世話をするので、それはそれで恵まれた幸福な生涯が送れるだろう。

菫蘚はすぐにでも申し込みたかったが、一応、「からしや」で同僚の恋人にだけは相談した。恋人は、いい考えだ、と賛成した。草になればマッチョも治るかもしれないし、と言った。

成功したら、私も追って手術を受けてみようかな。

親にはどう説明しよう。

大丈夫、成功したら新しい植物の姿で、これが本来の自分ですとカミングアウトすればいいし、失敗したら私が種を届けてあげる。その種を植えれば一生、ご両親も子どもと一緒にいられるわけだし。

なるほど。

かくして志願のために菫野が訪れたのが、この木造の別館というわけである。事前の問診では、自分を活け花にして飾りたいと述べた。担当医は、手術が成功すればそんなことは爪を切るより簡単だ、と答えた。ではさっそく取りかかりましょうと告げてその医師が部屋を出ていくと、黄色い壁に活けられていた小さなパフィオの花が、黄色いカップを差しだしてきた。これも植物転換した人なのだろうかと思いながら菫野はカップを受け取り、中の甘い液体を飲み干したとたん、昏倒《こんとう》した。

意識が戻ったときまず目に入った人が、「手術はとりあえず成功です」と言った。部屋は緑色のカーテンが引かれ、薄暗かった。

「一週間はここで水分だけを取ってください。次の一週間ではカーテンを開けるので、日光を十分に浴びましょう」

そのリハビリ計画どおりに退屈な十日を過ごしたところで、腕の皮膚が心なしか緑がかっているのを発見して、葦野は欣喜雀躍《きんきじゃくやく》した。試しに小指を朝食用のくだものナイフで無理やりねじ切ってみる。血は出ずに、緑の乳液のようなものが断面から滲《し》み出てきた。落ちた小指は湿らせたガーゼにくるんで、日陰に置いた。はたして三日後には、落ちた小指から根が生えていた。手の傷口からは小さな小指の芽が出ている。葦野は満足して、落ちた小指をつぶしてトイレに流した。そのまま放置したら、葦野草が育ってしまうだろうから。

日だまりの中で、針のないぜんまい時計のコチコチという音を聴き続けていると、どうしても居眠りするのは避けられなかった。バナナ象をたてがみの根もとから切り取り、肘から切断した自分の腕と一緒に活けてみたりしたが、針のない時計の時間は進まなかった。耳をちぎったり、眼球を一個外したり、性器を引っこ抜いたりと、自分の体で活けられそうな部位はすべて活け尽くしてしまうと、することがなくなってまた椅子に腰を下ろす。

あの看護師は、活け花は植物の死体だと言っていた。俺の体の一部を活けたところで、俺本体を活けないかぎり、死体とは言えない。バナナ象は活けられて死体になったかのように見えるけど、地中から養分を吸い上げて、残っている茎からまた芽が出て復活するだろう。根のない俺は、活けられたらもうお終《しま》いだ。本当に俺が望んいるのは、自分が何度も活けられて、それでも死なないでいることではないか？　つまり俺本体は、根が生えることを望んでいるんじゃないか？

日に当たるようになってからは、自分の気力体力が刻々とみなぎっていくのを実感した。体に筋肉や脂肪が蓄えられていくのを、あちこちのむず痒《がゆ》さとして感じたし、養分をたっぷり運んでいる緑の乳液が血管ならぬ師管を流れる勢いと音を肌で知覚した。光合成って、気持ちいい。

病室に籠って無聊《ぶりよう》をもてあまし、昼間からうたた寝などしているだけなので、夜の眠りが浅くなった。その晩も、少しうとうとしただけで、目が覚めてしまう。

部屋は青白い月光があふれて明るい。窓を見上げると、満月が天空にさしかかろうとしている。月光でも光合成はできるのかな、だったら光合成しといたほうが無駄にならないよな、と考え、ベッドから起き出す。

人の気配があった。視界のはしをかすめたそれに目を凝らす。

壁ぎわの椅子に、白い人間が座っていた。ぎょっとして、おい、と声をかけたが、身じろぎもしない。

白闇に目が慣れてくると、それは自分だった。うらなりのもやしみたいな葦野だった。ああ、と葦野は合点した。植物化処置が施された葦野の心臓が生長して、葦野草になったのだろう。よく見れば手足は茎や大根のように太い根だし、髪や耳や服は、薄緑の葉っぱでできている。うなじや指の間や鼻や耳の穴などには、蕾らしきこぶが膨らみかけている。

失敗葦野になると、ああなるのか。花が咲いたり実ができたり枯れたりするさまを見るのは、ごめんこうむりたかった。でも根っこは生えてるんだよな、と思うと、自分のほうが惨めにも感じてしまう。

やばい、そう感じ始めたらお終いだ。葦野は身震いして、床のぜんまいを手に取り、胸の扉を開けて失くさないよう保管すると、病室を出た。

廊下を歩き回り、庭に出る扉を見つける。

二週間の蟄居《ちっきょ》に疲れていた葦野は、肌寒さを忘れて、天井のない解放感に浸った。月は太陽よりも明るく輝いているように思えた。苔むした地面から木々がまばらにそびえ、木漏れ月が光の柱を幾本も立てている。葦野は地面から昇り立つそのオーロラへ分け入った。コチコチコチコチと頭上から音がしている。見上げると、満月が針のない時計となって、時を刻んでいる。そのリズムに合わせて、体内の花歯車が回転しているのを感じる。

月光を浴びて小山のように盛り上がっているのは、ゴリラキノコだった。夜光性らしく、体全体がぼうっと蛍光グリーンに光っている。当のゴリラは眠っている。光を目指して、羽蟻《はあり》のような虫が無数に寄ってくる。

バナナ象みたいに、こいつも食えば美味いのかな、とちぎって食べたい欲求に駆られたが、毒キノコだとまずいので我慢した。でも、きっとパンのような味と食感のような気がする。

囁き声が聞こえてきた。大勢が内緒話をしている。菫野は耳任せに近寄っていく。

あ、来てるし。

飛んで火にいる夏の虫とは、こいつのことだな。

あれはもう失敗だから。

失敗以外なくね?

植物転換はいわば安楽死。なってみてからみんな気づくから手遅れ。

でも主宰者も研究者も本気だぜ。だから陰謀じゃないって話だ。

本物の陰謀は、そのつもりも目的もないもんよ。

菫野はしゃがんで、目の前の地面にびっしり群生している植物を見る。肉厚のたらこ唇の形をした深緑の多肉植物が、しゃべっていた。ふざけて馬鹿にするような調子で、おいおいおい、こっち見てやんの、うんこ座りしてやがる、ウケるー、などと騒ぎ立てる。ふん、まだ子どもか、と思った。「おまえらも失敗組だな」と菫野も侮蔑し返すように言った。

おまえらも失敗組とか言ってるよ、私にしゃべってんの？　生意気ー、多勢に無勢っしょ、かかってこい、などとざわめきがさざ波のごとく湧き起こる。菫野は「うるせえな」と言って唇形多肉たちを手でつかみ、地面から毟《むし》り取り、豪快に口に放り込んで、がしがしと咀嚼《そしやく》する。ビーフジャーキーみたいな、旨みの詰まった意外な美味しさだった。多肉植物とは肉をたくさん含んでいる草って意味なのか、とぼんやり思い、そんなわけあるかと打ち消す。

多肉どもの抵抗もすさまじかった。嚙み砕かれる前に根を口中に突き刺すと、そこから新しい株を芽生えさせ、菫野の顔の表皮を食い破って顔面や頭から噴き出た。たちまち菫野の頭部は、肉厚の葉に覆われる。緑の唇は「ほーら、おまえも失敗組でやんの」と、けたたましく声を上げて笑う。

菫野は顔や頭を掻きむしりながら、水の張った甕《かめ》をのぞく。月光の照り映える水鏡には、多肉植物が一面を埋めたイソギンチャクのような菫野の頭部が映っている。

緑の唇の嘲笑《あざわら》いを聞きながら菫野は、馬鹿めとほくそ笑んだ。こんなに美しい姿になるなら本望だ。もっともっと俺を植物に近づけてくれ。

葦蒔が通るたび、木々や草がざわめいた。多肉植物の頭を持つ人間が、二本足で歩き回っているのだ。植物たちに注目され、畏れさせていると思うと、葦蒔は体の奥に波打つような快感を覚えるのだった。葦蒔は心の中で恋人に、ごめん、草になってもマッチョは治らないみたいだ、と詫びた。

疲れを感じたので、葦蒔は月光が溜まってプールのように見える芝生に腰を下ろし、胸を開けてぜんまいの中心に指を突っ込み、締める方向に回した。たちまち新鮮な活力に満ちてくる。満月もいっそう輝き、コチコチコチと、存在しない秒針の音を立てる。

葦蒔の顔を覆っている多肉たちが、コチコチコチと揶揄《やゆ》するように満月時計の真似をする。一人が言い出すと、いっせいに同調して唱和するから厄介だ。

月光が陰ったので、にわか雨かなと見上げると、鷲のように巨大な蛾が何匹も飛んでいる。その巨体に似合わぬすばしこさで羽ばたき、ハチドリのようにストップ・アンド・ゴーを繰り返しながら、カラスウリの花にたかっている。

スズメガだ。空中でホバリングし、長いストローを口から伸ばしてカラスウリの白いレース状の花の真ん中に突き刺し、蜜を吸う。

飛び散る鱗粉《りんぷん》で、葦蒔はむせた。スズメガをおびき寄せるためにカラスウリも濃厚な香りを放つので、いっそう息苦しい。

次第に朦朧《もうろう》とするなかで、満月時計が刻む音とは異なるコチコチ音が聞こえてきた。

今度は何の時計だ、とあたりを見回して探す。

葦野の腕に巻きついてきた蔓が、そのリズムで振動している。カラスウリの蔓だった。何にも巻きつけないでいる蔓たちが、コイル状に縮こまり、コチコチと音を立てて巻きを戻しているのだ。

また別のリズムのコチコチ音が響いてくる。耳をそばだてると、数えきれないほどの異なる刻みの音が、からみ合うようにして鳴っているのが聞こえる。まるで、音同士が複雑に噛み合って連動しているかのよう。アサガオ、ユウガオ、スイートピーにエンドウマメ、ヘチマにゴーヤ、ヘビイチゴに蔓薔薇、ツタにヤマブドウ、フウセンカズラにウツボカズラ。

さまざまな蔓状の茎やヒゲが、ゆっくりと巻きを広げながら、コチコチと音を鳴らす。

葦野の体内中の花歯車が、それに反応する。矢車菊の歯車、日日草の歯車、時計草の歯車、霞草の歯車、なでしこの歯車。どの花歯車も自分のリズムで回らなくなってきて、葦野は呼吸が困難になる。どのリズムに同調してよいのかわからず、胸のぜんまいが戸惑っているのだろう。

葦簀の胸が騒いだ。憧れとも郷愁とも切なさとも取れる感情が、葦簀の胸の内から四方八方に伸びていく。

月明かりに照らされ、自分の影が地面に映る。ねぎ坊主のようなギザギザの大きな頭が、前後左右に揺れている。多肉植物の繁る頭を支え切れていない。息も切れている。

葦簀は掻きむしるように胸の皮を開いた。

ぜんまいが緩みきっていた。もう、ねじを巻かねばならない。ぜんまいの中央に人差し指を差し込み、締める方向に巻こうとしたところ、千切れてしまった。仕方なくそのぜんまいを捨て、スペアと差し替える。固く巻き込まれている新ぜんまいは、作動を始める。葦簀も、活力を取り戻す。

それにしても、このペースで交換していたら、一シーズンどころか一週間ももたないではないか、と不安になる。俺は騙《だま》されているのではないかとの疑いが、むくむくと頭をもたげる。自分の心臓が育ったあの白い葦簀草は、今ごろどうしているのだろう。もしかして、あっちが俺の本体ではないのか？　俺は植物化したあとの残りの、不要な部分なのではないか？

胸の鼓動が高まる代わりに、空気に満ちているコチコチ音が乱れ、軋《きし》むように甲高くなる。葦簀の花歯車は狂い、葦簀は壊れそうになる。

急いで胸を開けると、動いていたぜんまいが弾けた。渦巻きがほどけて長くなった茎が、胸の外に伸びていく。胸の中に保管してあったすべてのぜんまいは、すでに葦蕣の内部器官と一体化していて、生長している。茎が伸びて細かな葉を広げ、その柄元からまたらせん状の新芽が現れ、コチコチと花歯車を動かす。花歯車も、枯れたものは外れ、新しい蕾が加わったりと忙しい。そのたびに葦蕣の胸に、憧れとも郷愁とも切なさとも悲しみともつかない感情が湧きあがる。胸の内部は、ぜんまいと花歯車がこんがらがって生長し、葦蕣の胸の蓋を破ってあふれる。

感情に理由はなかった。ただ、ぜんまいが作動するから湧き出るだけだった。

春なのだ、と葦蕣は悟った。理由があるとしたら、春だ、という以外にない。芽吹いて弾けようとするぜんまいの力に、自分は取り憑かれてしまったのだ。自分だけじゃない、昼草もバナナ象もゴリラキノコもモグラ芋もサボテンハリネズミもアレチノヒトも、この植物館の草木は今、おしなべてぜんまいの生き霊に取り憑かれて伸びているのだ。

体内の器官がぜんまいの一部となって葦蕣を食い破り、自分がほとんど植物の集合住宅のように変貌していくのを、なすすべもなく見守りながら、もはやほとんど残っていない人間の脳で、自分はただの養分にすぎなかったのだ、と理解した。俺がぜんまいによって活けてもらったんだ、とぼんやり意識し、これが幸せということか、と息を吐くように思ったのが、菫野最後の言葉だった。

月明かりに満ちた庭は、コバルトブルーの水に浸かっているかのよう。庭の奥深い部分に、ぜんまいが寄り合わさって誕生した菫野草が、静かにたたずんでいる。

植物転換手術を受けることを決めた元彼女へ、思いとどまるよう説得する手紙

咲子の好きなコスモスの美しい季節がやって来ましたが、お変わりないですか。

ぼくのほうは、コスモスを虚心坦懐《きょしんたんかい》に観賞することができません。先日も、ぼくたちのメモリー、植物の殿堂「からしや」コスモス園を訪ねたけど、この花の一つが、この木の一本が咲子だったら、とどうしても想像をめぐらせては、すでに咲子を失った気になってしまうのです。別れておいて言うのも何だけど。

「失った」なんて言い方をすると、認識が間違っていると咲子は言うでしょうね。あくまでも植物として生き続けるのであって、死んだり行方不明になったりするわけじゃないんだから、とね。

でも草が口をきけますか？　字を書けますか？　手話をできますか？　できないでしょ

植物転換手術を受けることを決めた元彼女へ、思いとどまるよう説得する手紙

う。どんな方法でも、植物になった咲子とは意思疎通が図れない。これでは失ったようなものだよ。

　そもそも植物になる理由が「長生きしたいから」というのが納得できない。確かに長生きはできるかもしれないけれど、草になったら脳みそもなくなってしまうんですよ？　目も見えず耳も聞こえず、痒かったり痛かったり気持ちよかったりすることもなく、好物の玉ねぎキムチも味わえず、長生きしたという実感もないまま、ただそこに二百年とかいるだけ。これを長生きと呼べるのかなあ。

　咲子の気持ちはわかるんです。咲子は筋金入りのエコロジストだからね。一緒に住んでいたころ、ぼくが納豆に付いてくるタレの袋を可燃ごみのほうに捨てたら、「これはプラごみって何度言ったらわかるの」ってよく叱られたよね。お風呂の残り湯は、洗濯だけじゃなくて、バケツに溜めてトイレを流すのに使わないと怒られたしね。

　そんな咲子だから、温暖化の時代に緑を増やさないといけないと焦るあまり、自分が植物になってしまえと思いきりたくなったのは、理解できます。いつも憤慨していたよね、少子化とか言ってるけど地球規模で見たら人間は爆発的に増えている、その分、他の動物や魚や植物が減っている、だから産まないほうが国際貢献なんだ、どうせ産むならブナとか樫《かし》を産みたいって。産む代わりに、自分がなっちゃおうと。

でも、植物転換手術を行おうとしている「人類緑化グローバルプラン」なる団体は、咲子みたいな人の純粋さを、本当に真摯《しんし》に受けとめているのかな。じつはぼくも、植物転換手術のパンフレットを取り寄せてみました。現時点から温暖化が致命的になりうる二〇五〇年までに、世界で十億人を緑化する、と書いてあるよね。それで、手術の費用は「全財産」。貧乏な人はただ同然、資産のある人はそれをそっくり。集めたお金は緑地買収に充てる。手術で緑化した人も、そこに植えると。

気になったのは、やっぱり手術です。適性検査ののち、どの植物に転換するかを決定したら、昏睡《こんすい》状態にして、体に挿し木をするんでしょ。遺伝子組み換えで人の細胞と非常に似通ったDNAを持つ植物を開発したので、人間との接ぎ木が可能になった、と書いてあるけれど、これって、人の体を養分にしてただ木が育つだけで、地面に植えて繁殖させるのと変わらない気がするんだけど。つまり、咲子がブナとか樫になれるわけじゃないような気が……。しかも、約款《やっかん》のところにすごく小さな字で「成功しない確率も少なからずないわけではありません」って書いてあるの、気づいてる?

例えば七十歳になってから植物転換の手術を受けても、遅くはないんじゃないかと思う。そのころにはもっと確実な植物転換技術が確立されているだろうし。そうしたら、一緒にブナになろうよ!

植物転換手術を受けることを決めた元彼女へ、思いとどまるよう説得する手紙

この手紙を見て、もし手術を受ける前に、久しぶりにぼくと会ってもいいかなと思えたら、連絡ください。お返事、待っています。

ひとがたそう

私たちは若かった。五月の新芽のように若かった。本当は「小魚のように若かった」とでも言うべきなのかもしれない。でも、やはり「新芽のように」と言いたい。なぜなら、それは比喩ではなかったのだから。

私たちはまばゆい緑の新芽のように若かった。だから、どこへ行っても「新鮮だなあ」と褒めそやされた。事実、私たちの肌は柔らかく、つやがあって、うぶ毛が桃の表面のように太陽に光り、内にはエネルギーがみなぎり、弾力に満ちていた。

その若さゆえに私たちはネオ・ガーディナーに選ばれたのだし、若さゆえに嬉子《きこ》は水斗《みずと》と結婚しようとしたのだった。

むろん嬉子は、水斗に自分がネオ・ガーディナーであることを明かしはしなかった。ネオ・ガーディナーは身分を口外してはならないし、私たちもお互いに、ときおりチームを組む何人かしか知らない。

ハイパー植物たちの陰謀を暴きくじく特殊工作員ネオ・ガーディナーは、植物の魂に感応できる新世代から極秘裏にスカウトされた。

嬉子はきわめて優秀なネオ・ガーディナーだった。まだ植物たちの反乱の実態がほとんどつかめなかったころ、コマチヒナゲシの陰謀を見抜いて、やつらの根絶に手を打ったのだ。

それは食糧危機を打開するべく、新たな食用植物を開発している最中に仕組まれた陰謀だった。原産地が不明ながら数年で国内中に広がった外来のコマチヒナゲシは、根から分泌する塩分で周囲の植物を根絶やしにしていき、畑に甚大な被害を及ぼし、食糧不足に拍車をかけた。

そこで発想の転換をした農業技師が、害悪をもたらしているコマチヒナゲシを食べてしまえばいいのだと思いつき、成分を調べたうえで試食してみたところ、滋養豊富なうえ、大変な美味ではないか。あれこれ料理してみた結果、おひたしが一番いけることがわかった。

コマチヒナゲシのおひたしは瞬く間に家庭の食卓に広がった。なぜなら、コマチヒナゲシには、依存性のある未知の植物毒が含まれていたから。食べるとその味と香りにうっとりとし、そこはかとなく気持ちが落ち着くのだが、しばらく食べないでいると、ぼんやりした不安が広がり、やがていても立ってもいられなくなる。禁断症状が深まると、中毒者は人体が花に見えるという幻覚に襲われ、その花を活けたい衝動に駆られ、殺傷事件を引き起こす。

コマチヒナゲシを食用にした農業技師がバッシングに遭うなか、嬉子はコマチヒナゲシがヒトを減らすべく無差別攻撃を仕掛けてきたと喝破。植物たちは人間の文明を破壊する意図を持っている、と訴えた。その訴えは半信半疑で受けとめられ、ろくな協力も得られなかったが、嬉子はコマチヒナゲシの種を食べ尽くす蟻を独力で発見した。その蟻の蟻酸《ぎさん》がコマチヒナゲシの植物毒を解毒すると当たりをつけ、自らコマチヒナゲシの中毒者となり、妄想に苦しみながら蟻酸の効果を確かめるさまは、鬼気迫るものがあったという。

繁殖させたその蟻たちを、コマチヒナゲシの咲き乱れる全国各地の野原や畑に送り込むのが、嬉子をリーダーとする、私と影清《かげきよ》のチームの任務だった。そこで私たち三人は初めて組み、たまたま同世代だったこともあって、固い絆で結ばれたのだ。そして、ネオ・ガーディナーの身分は隠して、嬉子の結婚式に招かれたのである。

秘密の職業だから、普通の友人のように、おおっぴらにつるんだりはできず、あくまでもチームを組んだときにだけ言葉を交わす。だから、招待状をもらうまで、嬉子が結婚するとは知らなかったし、恋人がいることも承知していなかった。

封筒を開け、濃緑の大きなアロカシアの葉に、白い文字で案内が書かれているのを読んだとき、私が感じたのは胸騒ぎだった。もし、嬉子が招待される側だったら、その不穏さの正体をすぐに見破っただろう。だが、まだ経験の浅いネオ・ガーディナーだった私は、嬉子のような有能な人がもう結婚するのかと驚き、自分は同い年にもかかわらず結婚など何の現実感もないことが不安なのかもしれない、などとなまぬるい解釈をしたのだった。

影清も私と同様の不穏さを感じていることは、式場の招待客控え室で出くわしたときの表情でわかった。私たちだけはその浮かない顔つきで、他の招待客から浮いていた。いや、沈んでいた。

この釈然としない気分の源を、影清は簡潔に言い当てた。

「ネオ・ガーディナーが『花』嫁になっていいのかな」

私は声に出さずに口だけ「あっ」という形に大きく開いた。そして「あの葉っぱ……」とつぶやいた。そうなのだ、私の違和感はまず、あの招待状の葉っぱを見たときに生じていたはずなのだ。植物の陰謀に誰よりも敏感な嬉子が、私たちに葉を送りつけてくるなんて、ありえない。

私と影清は顔を見合わせた。ネオ・ガーディナーとして、二人の考えていることは同じだった。ひょっとしたら私たちは、無防備にも敵の饗宴《きょうえん》に参加してしまったのかもしれない。ここで歓談している客たちは皆、植物に操られている手下どもなのかもしれない。この結婚式は罠なのかもしれない。

体じゅうを緊張させて、私は左手をそっとスーツのポケットに差し入れ、いつでも携帯しているネオ・ガーディナーの武器、植木ばさみをつかんだ。式場のあちこちに飾られている活け花が、どうしても目に障る。緑や白のさまざまな草花が、十字に組まれているのだ。

控え室の入り口がざわめいた。白いレースのドレスに包まれた嬉子が、白いタキシードを着た水斗と並んで微笑んでいる。レースの細かな糸の一本一本がきらきらと輝き、この世ならぬ嬉子の美しさに私はちょっとぼうっとしかけたが、影清が「蜘蛛の糸に巻かれた獲物みたいだ」とつぶやいたので、我に返った。

二人は友だちと言葉を交わしながら、私たちに近づいてきた。初めて見る水斗は、細身で長髪で目も口も鼻も小さく、まだ育ちきっていない印象で、ひと言でいえば青くさい感じの、影の薄い青年だった。

それよりも私と影清の目は、嬉子の節ぶしに飾られた、白や緑の花に釘付けとなった。

髪は花を思わせる複雑な形に結ってあって、本物の花が脇を固めている。胸や手首にも花が生え、レースの薄い手袋をはめた手は、白いダリアのブーケを握り、まるでダリアが手の先端であるかのよう。

嬉子が私たちの前に立った。私たちはブーケから嬉子の顔へと視線を移した。まなざしに宿る疑いに嬉子も気づいたのだろう。嬉子は「だいじょうぶ」と微笑むと、水斗が手にしていた白いクルクマの花束を取り上げ、たちまちのうちにダリアとクロスさせる形で結びつけ、「ほら、咲奴《さくやつこ》」と私の名を呼び、差しだした。

「磔《はりつけ》にしてやった」

その十字架を受け取らずにいると、嬉子は私の耳もとに口を寄せて、「本当は今日は弔いの儀式をするんだよ」とささやき、片目をつむった。

嬉子が植物たちを罠にはめている、と言いたいのだろうか？　これはネオ・ガーディナーとしての仕事だという意味なのだろうか？　だから私たちも呼ばれたというわけなのか？　ここで相手にするべき敵は誰なのだろう？

私たちの受け取らなかった花十字を別の友だちに手渡し、嬉子は水斗の手を引いて控室を出て行った。セレモニーの始まりである。

嬉子は罠を仕掛けているのか、それとも罠にはめられているのか？

私は答えを出せず、飲み物にも食事にも手をつけられなかった。影清もうつむいているばかりだし、私たちは同じテーブルの女三人組からは明らかに顰蹙《ひんしゅく》を買っていた。仕方なく、「舌を移植したばかりで、まだものが食べられないんです」などと適当な言い訳をした。

嬉子は次々と攻め手を繰り出しているように見えた。ケーキカットで登場したのは、なんと生クリームにホワイトチョコの花びらが刺さった、白い大きなアジサイ。それを嬉子は、見事に切り刻んでみせたのだ。カットが終わったときには嬉子は、私たちのほうに目配せを送ったぐらいだ。だが私には、アジサイ入りのケーキを食べさせようとすること自体が、アジサイに操られているように思えた。

お色直しをして、緑の鱗がびっしりと体表を覆うタイトなドレスをまとった嬉子は、テーブルを回り、キャンドルサービスの代わりに、体のあちこちから白いカラーの花を現して招待客に配った。嬉子の普段の職業は手品師なのだ。

私たちのテーブルに来たときには、取り出したカラー二本をすばやく十字に括《くく》って、また私に差しだした。私は遠慮して、三人組に渡すよう、促す。ここまでしつこく花十字を持たせようとするのは、何かの呪《まじな》いをかけたいのだとしか思えない。案の定、三人組の一人がそれを受け取ると、水斗は拍手をして「受け取ったね？　次はクミちゃんが花嫁の番だよ！」と叫んだ。友だち二人は「相手もいないのにね」「私が受け取ればよかった」などと意地悪く祝福し、会場も羨望に満ちた拍手に包まれた。

私は冷たい目で嬉子を見た。嬉子はこちらを見ずに、「クミちゃん」に微笑みかけ拍手をしている。ローズピンクに完璧な形で塗られた唇の間から覗く歯が、私には一瞬、アジサイの白い萼《がく》に見えた。

その間、じっと水斗を凝視していた影清は、二人が次のテーブルへ去ると、私に小声で耳打ちした。

「水斗は草だぞ」

私は水斗の後ろ姿を見た。むろん、彼が植物である証拠など、そう簡単には見つからない。

「どうしてわかったの？」と私はささやき声で尋ねた。

「髪がね、ところどころ蔓だった」

影清によると、まず、草のにおいがした。そして目を凝らして観察しているうちに、長髪の一本がコイル状になってピアスに巻きついているのを発見したという。

「つまり、水斗はマメ科ってこと？」

影清は眉間にしわを寄せてうなずいた。

ああ、何ということ。マメ科の人形草《ひとがたそう》。先週まで私たちのチームは、こいつらの征伐に手を焼いていたのだ。

人形草は、その蔓をムチのように動かすことができた。葉を広げた姿が大祓《おおはらえ》の人形《ひとがた》に似ているためこの名が付けられ、オジギソウのような草だと面白がられ、植物の殿堂「からしや」で三か月連続でベストセラー・プラントに輝いたりしたが、普及するやいなや人間に対して攻撃を開始した。

蔓を打ちつけてきたり、体じゅうに巻きついて自由を奪ったり、首を絞めたりと、被害は甚大だった。おかげで、それまで一般にはなかなか信じてもらえなかった植物の陰謀の存在が、にわかに受け入れられることとなった。

私たちは、宇宙服のような完全防備の姿で人形草を襲い、根こそぎ刈り取っていった。これがジャックの豆の木だったんじゃないかと思うほどの繁殖力で、一時は刈り取る勢いより増える勢いのほうが勝っていた。幸い、日本列島の人形草はただ細い蔓を振り回すだけだったが、イングランドでは根を土中より自ら引き抜いて歩き回る種類がはびこり、一般人はおろかネオ・ガーディナーまでもが命を落とした。また朝鮮半島では、蔓の先端に幻覚作用のある毒を持つ種も発見されている。

臨時の助手を大量に雇い入れるという人海戦術で、ようやく人間がコントロールできる量にまで減らしたのが、先週のこと。ひと月以上刈り続けだった私たちは休暇をもらい、嬉子は結婚式を延期せずに済んだのだった。

にもかかわらず、影清の判断に間違いがなければ、今ここで、人の姿をしたマメ科の花婿が、花を配って歩いている。それが何を意味するのか?

私と影清は押し黙って、カラーを配る新郎新婦の背中を凝視していた。そして同じ発見に戦慄していた。たぶん、ネオ・ガーディナーの眼力があったからこそ、見えたのだろう。

嬉子と水斗は、一本の髪の毛でつながっていた。

嬉子と水斗は、一つの人形草から分かれた、二つの株だった。

二つの株が、嬉子と水斗の体を養分にして、育っている。

おそらく、私たちが人形草の殲滅《せんめつ》作戦を仕掛けることを、人形草どもは待ち構えていたのだろう。私たちが人形草のかたまりの中に潜り込んでいるうちに、連中はそれまで隠していた本領を発揮、髪のように細い地下茎かランナーかを人体の中に挿し込んだのだ。そうして嬉子は人形草となり、水斗は嬉子から伸びたランナーに挿し貫かれて人形草となった。きっとそんなところだろう。嬉子でさえも、この陰謀は見抜けなかったということか。

「あれはもう、嬉子であっても嬉子じゃないんだ」と、影清が悲痛な声でささやいた。

「そうじゃない」と私は否定した。「嬉子ではないけれど、嬉子でしょう」

ポケットの中の植木ばさみを握りしめる影清の手を、私はポケットのうえからそっと押さえた。影清の衝動を押しとどめたのは、他でもない、私たちだってすでに人形草でないとは言えないからだ。自分ではわからないのだ。だから嬉子だって、自分が乗っ取られていることを、気づいていないかもしれないではないか。

気づいてしまえば、現実はその姿をもうつくろおうとはせず、ありのままの姿をむきだしにしてきた。私たち以外の招待客は皆、カラーとなって丸テーブルで歓談していた。同席していた三人組のうち、水斗から「次に結婚する順番」を宣告された子だけは、ユーチャリスの花となって甘い香りを漂わせている。給仕をしているのは、歩き回れる種の人形草たちだ。ステーキの皿が運ばれたとき、影清は「人肉じゃないの？」と投げやりに言って食べた。

私も覚悟を決めていた。どう足掻いたところで、草たちのこの牙城を突破することはできまい。なぜなら、超一流のネオ・ガーディナーだった嬉子が、自分でも気づかぬうちに人を狩る側に回っているのだから。

肚《はら》が決まるとお腹がすいてきたので、私たちはにわかに料理を食べ、ワインを飲んだ。影清がまだ、「やっぱり俺の記憶では、俺は大丈夫だったと思うんだよね。人形草の茎に挿されていないと思うんだよね」などとほざくので、「その跳ねている毛は何？　寝癖？　蔓？」と指摘したら、血相を変えてトイレに駆け込んでいった。

　嬉子と水斗が招待植物たちの余興に笑ったり泣いたりしたあと、宴はいよいよクライマックスを迎えた。両家代表の挨拶がなかったのは、二人とも、親きょうだいを始め一人として親族がいなかったからだ。それはそうだろう、植物の世界に〇〇家といったくくりはありえまい。

　挨拶のためにマイクを握った嬉子は、水斗とともに立ち上がると、私たちのテーブルへと歩み寄った。影清はまだトイレから戻ってこない。隠れているのか、まさか逃げおおせたのか。

　嬉子たちに合わせて、すべての招待植物も席を立ち、私たちのテーブルを取り囲んだ。とうとうその時が来たかと、私は静かに嬉子を見上げる。

「弔いの儀式だってさっき言ったけど」と言いかけた嬉子をさえぎり、「私を弔うんでしょ」と私は言った。

「違うよ。私たちはもう人間完全に辞めるから、咲奴たちとのお別れも兼ねて、という意味だったんだよ」

「人間辞める。自分の意思で？　嬉子、自分のしていること、本当にわかってるの？　操られているだけだって、気づいてないの？」

「気づいてる。でも、人間をしてても自由意思なんか幻で、やっぱり何かに操られていることは変わらないから。そんなことより、私はもう、ただそこに生えている草だから。茎でつながっている大きな草の一部だから」

そう言って嬉子は、会場中に張りめぐらされて全員をつないでいる、髪の毛ほどの細く丈夫なランナーを掲げて見せた。

私は首を振り、「どうして反乱植物鎮圧の先頭に立っていた嬉子が、こうして植物に乗っ取られて嬉々としていられるのか、私には理解できない」と言った。

「最前線で植物たちと戦っていたから、どうして反乱を起こすのか、わかってきたんだよ」

「どうしてなの？」

「私みたいな人間を増やすため」

「やっぱり人間を滅ぼしたいってことでしょう」。私はため息をついた。

「違う。人間が生き延びるため。咲奴も草になってみればわかる」

覚悟はできていたはずなのに、私はその言葉に身構えた。そのとたん、嬉子の背後から植木ばさみを手にした影清が切りつけた。まわりの草たちから悲鳴が上がる。嬉子と水斗をつないでいた髪の蔓が、二つに切られて垂れ下がっていた。

嬉子は笑みを悲しそうにゆがめ、「そんなことしなくても、お別れだけしたら、無事、人の世に返すつもりだったのに」とつぶやいた。「こんなものは、いつだってすぐつながるんだし」

嬉子の人間だった部分は空気に溶け、ただ、深い緑に輝く鱗のようなドレスだけが後に残り、茎を束ねた姿の水斗に寄り添った。

私と影清は、緑の香りが強い草原にいた。すっかり植物となった嬉子と水斗からは、幸せが色と香りとなってこちらにまで漂ってくる。

「本当は俺、嬉子たちがうらやましいのかもしれない」

影清の言葉に、私もうなずく。

「草になれたほうが幸せかも」

今度は影清がうなずき、すぐに首を振る。

「でも俺たちは人間でネオ・ガーディナーだから、使命を果たさないと」

「そうだね」

「俺はまだ人間でいたいよ」

「私も。まだ人間でも悪くないよね」

「そう捨てたもんでもないと思うよ」

二つの新芽となった嬉子と水斗が、笑うように風にふるえる。
私たちはまだ若かった。

始祖ダチュラ

今度はダチュラが蜂起を企てているという情報を得て、馬宮《まみや》、森本、影清《かげきよ》ら三人のネオ・ガーディナーたちは、ハンティングカーすなわち軽トラックで茨城県の現場へ向かった。その畑のダチュラどもは、人間には聞こえない周波数の音を放ち、全国のダチュラやエンゼルストランペットに「起《た》ちあがれ」と呼びかけているらしいのだ。

一週間前にはキョウチクトウの武力闘争を鎮圧し、三日前には熊童子《くまどうじ》・宇宙の木の多肉連合による同時多肉テロを未然に防いだばかりで、ネオ・ガーディナーたちは疲れきっていた。こうなったらもうダチュラでも何でも来やがれなどと、多肉連合を粉砕したあとに森本がうそぶいたのも、本当にダチュラが登場したらもう植物革命は止められないというヤケクソの気分だった。

進化したハイパーダチュラはそれほど手強い相手で、植物を迅速に制圧する特殊技能を叩き込まれたネオ・ガーディナーでさえも、隙を見せたらやられてしまう。

やつらはまず視覚から攻撃してくる。そのあでやかな肢体で、人の心をそぞろにするのだ。平常心が乱されダチュラの姿に魅力を感じたら、もう歯止めはきかない。ふらふらと近寄ることになり、濃厚な甘い香りとともに花粉を吸うことになる。花粉が鼻の粘膜に吸着すると、ダチュラのラッパ形の花から音が聞こえ始める。音楽であったり詩の朗読の声であったりと、人によってさまざまだ。音がピークに達したとき、至福感とともに絶命する。

だから、まずはダチュラの花を見ないことが肝心だった。そのためにネオ・ガーディナーたちは目も鼻も口も覆うガスマスクを用意した。さらに、奇襲をかけるべく、日の出まぎわを狙った。日が出る前であればダチュラも酸素を吸って二酸化炭素を吐いているから、人間だと気づかれずに忍び寄りやすいのだ。

軽トラックが着いたとき、今にも日は昇ろうとしていた。ダチュラたちは花を開いている最中だった。素早くガスマスクを装着すると、静かに車を降り、どれが反乱を首謀しているハイパーダチュラ群なのか、瞬時に判別する。それがネオ・ガーディナーの能力なのだ。

香りを吸わないよう腹ばいになり、首謀ダチュラどものもとへ素早く這い寄ると、文字どおり根こそぎ掘り始める。植物は体の一部が少しでも残っていれば再生する可能性がある以上、生け捕りが鉄則だった。

スピードが勝負だったのだが、やはり疲労のせいで処理能力が落ちていたのかもしれない。すべてを掘り出し終わらないうちに、太陽がダチュラの群れに光を浴びせ始めた。畑じゅうから大きなため息のようなものが一斉に立ち昇るのが、見えなくても馬宮には感じられた。呼吸から光合成へと切り替わったのだろう。

胸騒ぎがした。濃厚な気配が馬宮を覆った。馬宮は顔を上げた。今掘っていたダチュラが、大きく葉を広げ、倒れ込むようにして馬宮の胸にもたれかかり、馬宮の胴に枝葉をからめてきた。飛び退《の》かなくては、とネオ・ガーディナーとしての本能が告げていたが、馬宮の体は、その抱きつかれた感触を懐かしいと感じていた。どこかで覚えがある。この高さ、からめてくる腕の位置、胸の苦しくなるような切なさ――それは蔓子《つるこ》。

思わず馬宮は、それまで背けてきた顔を、ダチュラの花にまともに向けた。陰謀とも毒とも無縁だというような純白の花が、二重《ふたえ》の顔をほころばせる。胸の中に甘くとろりとした蜜が流れ込む。それは花ではなく、蔓子そのものであるように見えた。

馬宮はガスマスクを外した。ダチュラの花に見えたものは、やはり蔓子だった。いつ命を落とすともわからない極秘の存在であるネオ・ガーディナーを任命され、理由も告げずに別れたときのあの蔓子が、目の前にいた。あのときの続きのように悲しげに微笑む蔓子の顔が、さらに近づく。

甘い吐息が強くなる。馬宮はその香りを深く吸う。蔓子の唇が何かを語っている。蔓子の声を聞きたくて馬宮は目を閉じ、耳をそばだてる。

トランペットともギターともつかない重厚な音が響いた。驚いて目を開けると、二重のラッパ状の白い花弁から、馬宮の脳をじかに破壊するような音が鳴っていた。蔓子に復讐されるなら本望だと馬宮は思い、ダチュラを愛おしさたっぷりに抱き締め返して、ゆっくりと倒れた。


何かをつぶやく馬宮の声にドキリとして振り向き、馬宮がガスマスクを外してダチュラを抱きかかえ、ゆっくりと倒れていくさまを目にしたとき、森本はこれもネオ・ガーディナーの運命なのだと観念し、自分の作業を中断しようとはしなかった。隙を見せるわけにはいかないのだ。実際、馬宮に気を奪われた刹那、ダチュラは花を近づけてきていた。森本はまともに見ないようにして、その花を容赦なく切り落とした。

ダチュラの誘惑を徹底して無視し、森本と影清は根を掘ったダチュラを次々と軽トラの荷台に載せていった。実力のあるダチュラたちすべてを根こそぎにすると、最後に馬宮の体を荷台に載せる。影清は運転席に乗り込み、森本はダチュラを監視するために荷台へ登った。

ガスマスクをつけていても、ダチュラの草いきれと花の芳香は強くにおってきた。空気は熱く、意識が朦朧としてくる。マスクをかぶり続けているなんて拷問のようだ。要するに今俺は強烈な攻撃にさらされているわけだ、どこまでもつのか、状況はかなりヤバい。森本はそう思い、助手席に移ったほうがいいのではないかと迷い始めた。

荷台で動くものがあった。見ると、仰向けに横たえられていた馬宮が、起きあがろうとしている。森本は体を緊張させた。馬宮は頭を振り、ビビるな、気絶していただけだ、手を貸してくれ、というようなことを言って、手を差しだしてきた。森本はためらった。軽トラが揺れて馬宮はまた倒れ、冷たいやつだな、と森本を非難した。森本は再び差しだされた馬宮の手を、今度は握って引き起こした。

そのとたん、手のひらを細やかな痛みが襲い、森本は手を離した。離されたのは馬宮の手ではなく、ダチュラの実だった。起きあがった馬宮の左手は、鋭い刺だらけのダチュラの実に変わっていた。

ヴァンパイアに血を吸われたらヴァンパイアになるように、ダチュラと体液が混じった馬宮もダチュラになってしまったのか?

森本は直感的にそう考えたが、馬宮らしい人なつこい笑顔を見ていると、ニセモノであれ本物であれ、馬宮が甦ったことのほうが肝心だ、と思った。

痛む手のひらでは、棘の刺さった痕に血が膨れあがり斑点を作っている。作業グローブを外したままだったのは油断だった。馬宮が森本の手をのぞき込み、ティッシュペーパーを渡した。森本はそれで血をぬぐった。だが、青くさいにおいが立ち昇るのでよく見ると、揉みほぐされてくたくたになったダチュラの葉を傷口にこすりつけている。森本は大声を上げて、葉を放り出した。

なじろうとして視線を馬宮にやると、ゴマの振りかかったきんぴらゴボウなどをのどかに食べていやがる。馬宮は森本を見て、食べるか?という仕種をした。空腹なのは確かだったが、森本はマスクを取るわけにはいかないと頭のどこかで思い、首を振った。腕と頭が痺《しび》れていた。

馬宮は今度はオクラの実を齧り始めた。森本にも一本寄こしてくる。馬宮は、こうするのだと手本を見せるかのように、森本を見てオクラを齧り、んまい、と言った。森本は唾を飲み込んだ。粘り気のある食べ物に目がない森本は、オクラやとろろ芋ばかり独り占めしてないで他のおかずも食べなさいと母親に叱られる声を聞き、これだけは食べきってしまえと、ガスマスクを上げると、オクラを齧った。

馬宮が笑っていた。右手に齧ったオクラ、左手にダチュラの花を持っている。森本はぼんやりと自分の齧ったオクラを見る。オクラの齧り口には折りたたまれた花びらが見える。ダチュラにハメられた、と森本は気づいた。俺はダチュラの蕾を食ったのだ。あのゴマ入りきんぴらもダチュラの種と根だったのだろう。

森本はまるで縛られたかのように体の自由を失った。ダチュラの葉や実が自分の体にびっしりとまとわりついているのを感じた。まるで自分がダチュラとなって、花輪に飾られているかのようだった。

甘い香りは濃すぎて液体のようで、蜜の中に閉じ込められているみたいなものであり、呼吸が苦しかった。視界には光があふれハレーションを起こし、ほとんど何も見えない。

ドラムが激しく鳴る音が聞こえる。すごく自分の好きなドラムだと思う。苦しいが心地よい。それもそのはず、そのドラムは自分の心臓なのだから。そう気づいたときには森本はすでに自分の外にいて、軽トラの荷台に並んで横たわる二つの体を眺めていた。

二つ並んだ仲間の体を見ながら影清は、おまえらの死は無駄にしないと、激しい怒りとともに誓い、ガスマスクを装着すると、勤務先である植物の殿堂「からしや」の仕入れ作業場に停めた、軽トラの荷台に登った。

一人ですべてのダチュラを降ろすのは、危険かつ果てしない作業だった。だがやつらも弱っているのだと言い聞かせて、疲れ切った体に鞭《むち》打った。

降ろしたダチュラをガスマスク越しに睨みつけてから、影清はネオ・ガーディナー最高の武器である植木ばさみを手に取り、しおれた花を落とした。それは武士の情でもあった。

さらに、次々と枝葉をも刈っていった。丸裸にして辱めてやりたかった。革命は潰《つい》えた、おまえたちは人間の管理下にある、と植物連中に知らしめるために、檻《おり》に入れた囚われの姿を衆人にさらすつもりだった。

ダチュラたちは葉や枝の切り口から、体液を吐きつけてきた。ガスマスクの目にかかっても、影清は落ち着いてそれをぬぐう。あたりはダチュラの葉から漏れる青くさい吐息に満ち、影清の作業服も緑の液にまみれた。腕が痺れているような気がしたが、影清は怒りに支えられて淡々と作業を続けた。

ついにすべてのダチュラの葉を落とし、檻の中に閉じ込め、アルカロイドにまみれた葉や茎や花の残骸を片づけ終わったとき、影清は確信を持ってガスマスクを外し、ネオ・ガーディナーの禁を破って煙草を吸った。そして勝ち誇った気分で、檻に並ぶ枝と実だけのダチュラをまともに見た。

心臓が激しく高鳴った。そこにはありえない光景が出現していた。枝と実だけで惨めなはずのダチュラは、あまりにも気高く美しかった。煙草にダチュラの葉でも混じって視覚がおかしくなったのかと疑ったが、そんなはずはない。見ているだけで涙がにじみそうになる。

影清は悟った。俺はダチュラを貶《おとし》めるつもりで、このような高貴な姿を実現してしまった。なぜなら、ダチュラがそう望んだからだ。俺たちは戦っているつもりで、じつはダチュラを始めとする植物たちのビジョンを叶えるために、せっせと動いていたのだ。その理由は、言うまでもない、俺たちこそ、植物の魂に正しく感応することのできるネオ・ガーディナーなのだから。

人間はすでに植物に仕える側になっている。革命はもう成就している。

影清はそのような言葉を一人でつぶやくと、植物世紀の始まりを告げる新しい姿のダチュラ畑の中、つまり檻の中に入っていった。

踊る松

笑梅《わらいうめ》神社に初詣《はつもうで》に行く、と母親に嘘をついたのは、本当は、人さらいの噂のある踊松《おどりまつ》神社に行くからだった。

オドリマツの杜《もり》に入ることは、学校で禁止されていた。今年の夏にホシの同級生である栗山と笠末《かさまつ》と苔口《こけぐち》が夜中に肝だめしをして、それきり帰ってこないという事件があったからだ。誘拐事件として大々的な捜査が行われたけれど、三人は行方不明のまま。裏サイトなどでは暗黒な噂がいくつも立ったが、松ノ森小学校の生徒の間で次第に信じられていったのは、オドリマツの杜の奥がブラックホールになっていて三人は吸い込まれたのだ、という説だった。実際、オドリマツの杜の奥には防空壕がいくつもあって、危ないから近づいてはいけないと、ホシも親から聞かされてはいた。

危ないから、っていうのは、防空壕がほんとはブラックホールだからだったんだ。噂を吹き込まれたとき、ホシはそう考えて納得した。どうして防空壕は危ないのか、いくら聞いても親は教えてくれなかったが、その謎が解け、闇に吞み込まれる場面を詳しく想像したりして、ホシはオドリマツの杜を以前よりもっと怖く感じるようになっていた。

だから、卒業前の最後のお正月に、四人で何か記念になることをしよう、とタコさんが言い、すかさずノア吉が「踊松神社に初詣しよう」と提案したとき、邪悪な意思がみんなを動かしている気がして、背筋が寒くなった。さすがに、タコさんもコグも黙り込んで、ホシと顔を見合わせる。

「やっぱり、怖い？　でも神社は神社でしょう。元日には初詣する人、いっぱいいるよ。その人たちがみんな消えちゃうわけないじゃない。昼間に行けば、全然平気だって。うまくすれば、笠末たちのことも何かわかるかもしれないし」

一番慎重そうに見えて一番大胆なノア吉が、こともなげに言う。

「本当に普通の神社なのかな、あそこ」。タコさんが思案顔で首をひねる。

「踊松神社のお守りとか持っている人、いないよね」とコグ。

「笑梅神社のなら、誰でも持ってるけど」と、ホシが自分のランドセルにつけたお守りを掲げる。

「この、梅の花が爆笑しているキャラクター、冴えないなあ」。タコさんが自分の鞄にくくりつけてある笑梅神社のお守りを触りながら言う。

「笑梅が笑った梅なら、踊松神社のキャラは、踊っている松なのかなあ」。コグが踊る真似をする。

「だったら興味あるかも」。キャラクターグッズに目がないタコさんが、目を光らせる。

「だから、行ってみて、お守りが買えたら、価値あるでしょ」。ここぞとばかりにノア吉も押す。

「だいたい、何で踊松なのか、気になってきた」とコグも乗り気だ。

「笑梅だって、何で笑梅なのかわからない」。なりゆきのまずさに、沈んだ口調でホシが言う。

「知らないの?」とあきれてコグが語ったのは、次のような逸話だった。

笑梅神社に植えられている梅はかつて、毎年、蕾はつけても、咲かずに落ちてしまうのが常だった。何とか咲かせるべく、火をたいて暖めたり、光を集めたり、音楽を聴かせたりしたが、効果はなし。こんな根の暗い梅は縁起が悪いと悪評が広まり、人は寄りつかなくなった。なので、そのころは眠梅《ねむりうめ》神社と呼ばれていた。

日陰者の神社となったことから、眠梅神社は、秘かに自殺の名所となった。あるとき、手先も生きることもきわめて不器用な男が、太い梅の枝に縄を掛けて首をくくろうとした。首を通す輪を作っていたところ、生来の不器用が幸いしたのか、梅の枝が揺れたのか、足場にしていた木箱が倒れた。片腕と首を輪に通していたため、縄はたすき掛けした形で胴体を絞め、男は妙にバランスよく水平の姿勢で宙に浮いてしまった。どうやっても逃れることができず、男は宙を泳ぎながら、眠梅の神様、お願いですから安らかに逝かせてくださいい、とすすり泣いた。そのとたん、梅の蕾がいっせいにプッと噴き出し、満開に咲き乱れたという。かいだこともないほどの濃く甘い梅の香りに引き寄せられて、近所の人が現れたときは、花の笑いはまだ止まらずに小刻みに震えており、宙に浮いた男は梅に馬鹿にされたと腹を立てていた。男は後に、梅が命を救ってくれたのだと感謝をし、以来、笑梅神社と呼び名が変わって、救命の神様になったとのこと。

タコさんがにやにや聞いていたのは、どうせコグの言うこと、眉唾だ、と見抜いていたのだろう。けれど、ホシとノア吉にはウケた。

「オドリマツにも、妙ちきりんな理由があるんじゃないかな、きっと」。タコさんがニヤケを押し隠して言う。

「行くでしょ？　初詣」とノア吉がホシに尋ね、やけくそになったホシもうなずいた。

厳密に言うと、母親に嘘をついたわけではない。四人は、笑梅神社の鳥居前で待ち合わせたのだから。

笑梅神社では、学校の友だちに大勢、出くわした。一緒に初詣しようと誘う子もいて、「先にここでもお参りしてかない？　無事にオドリマツから戻ってこられますようにって」とホシは揺らいだりしたが、ノア吉は「そんなことしたら、かえって不吉な結果になる気がする」と応じない。

いつもどおり、寝癖を直さずオウムのように髪を逆立てたコグが最後に現れると、一行はオドリマツの杜へ向かった。笑梅神社は、松ノ森小学校のすぐ裏手の、古い古墳の丘にあった。オドリマツの杜はその丘のさらに裏手から延びる、細い山道を三十分ほど行った森に広がっている。目印は、二本の太い松が寄り添ってねじれ合い、「⛩」の形を作っている、通称「鳥居松」。大人一人が身を屈めてかろうじてくぐり抜けられるほどの狭い隙間しかないが、本当にそれが鳥居の代わりなのだ。

さすがに元日だけあって、笑梅神社ほどではないけれど、ぞろぞろと参拝客が訪れる。鳥居松をくぐるのは時間がかかるため、客は長い列をなしていた。四人もその尻につく。

初詣客は年齢の高い人が多く、ちらほらと若いカップルの姿も見受けられたが、子どもは皆無だった。学校や親の言いつけに背いてまで、この薄気味悪い神社に来ようという物好きはいないのだろう。

「寒《さ》みいな。ぼくは寒さに弱いんだ」とコグが身をすくめた。風の通り道なのか、強くはないが冷たい風が、ひっきりなしに吹いている。小鳥がかしましく喚きながら、木々の枝を渡る。

「本当に松ばっかりだなあ」とあたりを見上げながらホシが言った。

「まさか、あれで踊松?」。ノア吉が指さすほうを見ると、風が大きな松を揺らしている。その一帯の松は少し風下のほうへ傾《かし》いでいた。

「まさか」とタコさんが一蹴した。「つまらなすぎる」

鳥居松をくぐり抜ける順番が近づいてきた。のっぽのタコさんは首を伸ばし、「ほほう、あれが噂のブラックホールか」などと言って、ホシの不安をあおったりした。確かに、しめ縄が巻かれ幣帛《へいはく》の垂れ下がった松の間が狭すぎるのか、どうのぞき込んでも、向こう側の光景は黒っぽく霞んでよく見えない。それは、いよいよ自分がくぐり抜ける番になっても変わらなかった。

三人はすでにくぐり抜けてホシを待っているはずだった。ホシは松の間をのぞき込んだが、松の太さからするとありえないほど長いトンネルになっていて、出口の光が小さな点として輝くだけだ。

本当にブラックホールなのかもしれない。

ホシの背中が寒くなった。だったら、三人とも呑み込まれてしまったのか？

息が苦しい気がする。きっと、空気がブラックホールに吸い込まれていくせいだ。

「くぐるの？　くぐらないの？　くぐらないんならどいて。後ろ、つっかえてるんだからさ」

威勢のいい声に、ホシは振り返った。眉間にしわを寄せたおばさんが、苛立たしげにホシを見ている。その後ろの行列の人たちも、同じような険しい目つきでホシを見ている。

迷っている暇はなかった。ホシは身を屈めて、犬小屋に潜り込むような要領で太い松の間に身をねじ入れた。目を上げたが、視界に入るのは、ただ一面の松と、かすかにのぞく空と、地面と、鳥居松の幹だけ。そして、隙間を吹き抜ける風の、笛に似た鋭い音が耳を覆う。それまで聞こえていた参拝客のざわめきは搔き消え、姿も見えない。

胸の内で恐怖がはじけ、身がこわばった。そのとたん、背後から強烈な力がホシの背中を衝き押し、ホシは鳥居松から転がり出た。

「何、こけてんの」

ノア吉の声が降ってくる。コグもタコさんも、ホシを見ている。ホシは立ち上がって、泥を払った。鳥居松を通る前と同じ喧噪《けんそう》、風の音、鳥の声が聞こえてくる。参拝客はおしゃべりしながら、手水《ちょうず》で手を清めたりしている。

それでも何だかおかしいと、ホシは感じた。「手、洗わなくちゃ」と言ったとき、自分の声が薄っぺらく聞こえた。録音した自分の声を聞いているような感覚だ。そう思って見渡すと、目に映る光景も妙だった。かすかに白っぽく粗く、手抜きしたデッサンのように見える。ホシは無性に喉が渇き、ひしゃくで水をすくって飲んだ。

湿気が足りない感じだな。

人心地がついて、ホシはそう思った。眼球も乾いて、寒さが沁《し》みる。

冷たい空っ風が、参道の奥へ向かって勢いよく吹いた。コグが「ちきしょう」と言って鼻をすする。風は一行の背中を押すかのように、吹き続けた。梢を鳴らし、耳もとでも尺八のような音を立てる。

風のもたらす冷気のせいか、強い風に押されたせいなのか、参拝の大人たちは、ほとんど小走りと言ってよいような速度で歩き、次々と四人を追い抜いていった。四人も歩調を速めるが、子どもではたかが知れている。

拝殿まで行き着かないうち、あたりは四人だけになってしまった。参拝を終えて帰る客たちとすれ違わないのは妙であった。これはよくない傾向だと感じたホシは、立ち止まった。同じ不安を感じていたのだろう、三人も立ち止まる。風はそれでも追い立てるように吹きつけてくる。松が揺れ、雨垂れのような葉音を立てる。

「行くの？　行かないの？　くぐったんだから、行くんだろう？」

誰かが口を開くよりも早く、背後から急き立てる声が響いてきた。ホシには、先ほど鳥居松で後ろにいたおばさんだとわかった。おばさんは四人を追い抜くようなそぶりで、「私と一緒に行くだろ？　じゃないと、あんたたちだけ取り残されるよ」と促してくる。

四人は何となくうなずいた。それ以外の反応はありえない気がした。

「栗松《くりまつ》、酒松《さけまつ》、苔松《こけまつ》、飛松《ひまつ》、些松《さまつ》、後始松《あとしまつ》。遅れるんじゃないよ！」

おばさんはあたりを見回すように叫ぶと、先頭に立って歩き始めた。四人も風に背後を押されてついて行く。

「あのう」と、コグが思いきっておばさんに話しかけた。「ぼくらは栗松とかじゃないんですけど」

「そりゃあ栗松じゃないだろう。私だってあんたたちの名前なんか知らないよ」

「じゃあ栗松とかって、誰ですか？」

「栗松は松に決まってる」

四人は底が抜けたように感じた。水の上を歩いているようだった。おそるおそる見回すが、誰もついてきている者はいない。

「栗松さんは、ついてきていないようです」。勇気あるコグは食い下がった。

おばさんは歩みを止めずにちらっとコグを振り返り、「ふん」と鼻を鳴らした。

「ついてきてるようには見えないだろうさ。けど、ついてきているんだ。松と人とじゃあ、魂のあり方が違うからね」

ホシは喚いて逆走したくなったが、もはや引き返す機会も失っていることは承知していた。走り出せば、オドリマツの杜で一人、迷うことになるだろう。

「怖いかい?」

おばさんが嬉しそうに聞いてきた。ホシだけはうなずいたが、コグの態度に鼓舞されたノア吉が果敢にも「おばさんが私たちを怖いんじゃないですか?」と言うのと、タコさんが「こわいご飯を後始松」とボケるのは、ほぼ同時だった。

追い風は強くなる一方で、一行は走らないでいることは不可能だった。まるで坂を転げ落ちているかのよう、もはや止まろうにも止まれない。ホシはできる限り大股で、ホップステップジャンプとつぶやきながら飛ぶように走った。追い風参考記録って、確かにあるな、と思った。

ようやく止まることができたのは、小さな丸い空き地だった。鬱蒼《うっそう》とした森の中、そこだけ木々が譲り合っているかのように、何も生えていない。おばさんも立ち止まっていて、四人を迎えるなり、「着いた。本殿だよ」と言った。四人は空き地を見渡し、いっせいにうつむいてしまった。

「何もないようですが、魂のあり方が違うせいですかね」とコグが言った。

「お賽銭《さいせん》はどこになげればいいんでしょう」とノア吉も追随した。

「お守りは売ってますか」。ホシも思いきって口に出した。

「おみくじがないなあ」とタコさんが締める。

「そんなものは偽の神社のすることだよ」。おばさんが答える。

「ニセ！　じゃあ笑梅神社もニセモノ？」とタコさん。

「本物だけど偽物だね。本物の神様囲んで、人が神社ごっこしているだけだね」。おばさんはせせら笑うような調子で言い、「でも、それでいいんだろうけどさ。植物の殿堂『からしや』みたいなもんだ」とつけ加えた。

「ここは本物なんですか？」。ノア吉が釈然としない調子で聞く。

おばさんは重々しくうなずき、「神様のたまり場だよ。あれも神様」と、空き地の周囲を取り囲む高い松の先のほうを指さす。

「あ、天国か！」。ホシがまじめに叫ぶ。

「この子は足りてないね」おばさんはホシを露骨に蔑む目つきで見ると、「カラスだよ」

と声を張りあげた。松の梢に止まったカラスが、その言葉に応えるようにガアガアーと野太い声で鳴く。

「もちろん、松も。あれもこれも、みーんな神様」

おばさんは、知らない木や草や、地面に落ちている松ぼっくりを指さした。コグが笑った。おばさんは眉間にしわを寄せ、「あんたも足りてない。松ぼっくりはすごいんだから」と説明を始める。

「このひだ一枚一枚が、神様なんだからね。言ってみりゃ、神様の集合住宅だ」

「松の葉っぱは？」ノア吉が聞く。

「そこの遅松《おそまつ》は、六本で一つの神様。あそこの幕松《ばくまつ》は、葉っぱも皮もそこに付いている苔も虫も、それぞれが神様で、合体している」

「難しいなあ」とホシが思わずつぶやき、「おばさんは？」と尋ねた。

「一人で一柱」

「ええ！　おばさんも神様？」

「あたりまえだ。あんたたちだって、みんな一人一人、神様なんだよ。どんな馬鹿で迷惑で役立たずでも、神様は神様だ、致し方ない」

「私らが神様なら、何も踊松神社に来なくても、そこいらへん、神様だらけでしょう」。

タコさんが飄々《ひょうひょう》と言う。

「ほんとだ。神様じゃないものってあるんですかい?」。コグは冗談のつもりで言ったのだろう。

「あるわけないだろ。でも、ここは『そこいらへん』とは違って、ちゃんと神様が祀《まつ》られてるんだ。ほら」

おばさんは黙って人差し指を立て、意味ありげな目で四人を見るが、四人には何だかわからない。

「風だよ、風。風が回ってるだろ」とおばさんは人差し指を回した。

「風の神様が祀られているってこと?」。ホシが聞く。

「風が神様なの!　わからない子だね。わからせてやる」

おばさんはふところから竹の筒を取り出すと、尺八のように吹き始めた。竹筒からは、風の唸《うな》りが響いてくる。空き地を穏やかに回っていたそよ風が、その唸りとともににわかに猛々しさを増し、たちまちつむじ風と化した。そのつむじ風に自ら巻き込まれるようにして、おばさんは自転しつつ笛を吹き、空き地を回る。回るうちに、おばさんが松に見えてくる。

ギョッとして目を凝らすと、回っている松はおばさんだけではない。いつの間に集まってきたのか、空き地を囲んでいた松たちも、巻き込まれて回っている。泡《あぶく》が立つかのように、見る間に空き地は松が増殖し、立錐《りっすい》の余地もなく歯車のごとくふちを触れあわせて、正確に高速に回転している。そして、回転しながらうごめくために、ホシも松の枝にからめ取られて、空き地の中で回されていた。タコさんやノア吉やコグの姿はもう見えないけれど、きっと松の間で回されているのだろう。

音楽にも聞こえる風の音に合わせて回っていると、すぐに愉快になってきた。回れば回るほど、精気が体の奥からみなぎってきて、何でもできるような気がしてくる。周囲で回る松とは完全に調和していて、膨れあがる魂を抑えきれなくなって、「俺は神様だ！」と叫んでいた。

木魂《こだま》のように、「私らが神様だったら、困ったときはどの神様が助けてくれるんだ」とタコさんのつぶやきが返ってきた。

「よく気がついたね、あんたは大人になれるかもね。すべてが神様であることと、神様はどこにもいないこととは、どう違うのか。神頼みしたいときにはどうしたらいいのか。よく考えることった」

おばさんの声が風に混じって、呪文のように響く。

「おばさんは誰なんですか」。ホシが尋ねる。神様だってまだわからないのかい、と叱られると思ったが、おばさんはふふふと忍び笑いし、「ケル、とだけ名乗っておこう」ともったいぶった。

しばらく尺八の奏でる音楽のような風の音だけが舞っていた。歓喜を燃焼させようと、ホシは汗を振り散らしてぶんぶんと回った。

ホシは自分の回転が速すぎて、自分の姿が見えなくなっていた。洗濯機のように、回ればば余計なものが振り飛んでいくとわかって、自分をすべて振り飛ばしたくて、ホシは回転速度を上げた。すると松の回転速度も上がり、姿が消えていく。タコさんやノア吉やコグもはや見当たらない。

空き地には誰もいなかった。ただ、竹笛のような音色とともに、冬の風が舞っているだけだった。


「というわけで、俺たちは神様になって戻ってきたわけ」

「神様になった、じゃなくて、ずっと神様だったことに気づいた。わかってない！」

コグがホシの言葉を訂正する。

「何だ、じゃあお守りは買ってこなかったんだ」。人の話をいつも聞き間違える栗山が残念そうに言い、「だからあ」とノア吉に叱られる。

「まあ、これが代わりってことで」。ホシが松ぼっくりを差しだす。

「おお、松ぼっくり。俺とクリつながりなんだよねえ」。栗山が松ぼっくりに頰ずりする。

「しかしだよ、今の話だと、ぼくだって神様だってことにならないか？」。笠末の言葉に、タコさんが「ま、そういうこっちゃね」とうなずく。

「じゃあ、俺も？　俺も？」。苔口が迫る。

「誰も認めたくないけど、そういうことになるんでしょうね」とノア吉。

「すげえ。じゃあ、俺にお賽銭投げて、何か願い事して」

「私だって神様なんだから、コケに願い事する必要ない」

「散髪屋だって、他の散髪屋に散髪してもらうよ」

「つまり、お互い、協力して希望を叶え合おうってことじゃない？　みんなが神様って、そういう意味じゃない？」。笠末がきまじめに言い、タコさんに「つまらん」と却下される。

そのやりとりを眺めながら、ホシは、こうして仲のよい連中とおしゃべりしているのが不思議な気がした。どことなく自分が場違いだなあと感じる。どこかで寄り道をしたら、そのまま元の道に帰るのを忘れてしまったような、居心地の悪さがある。どうしてそう思うのだろうと、一人、考えにふけり始める。

あと五分で始業式だった。校庭に出て並ぶよう、放送が入った。そして、音楽が鳴り始めた。正月にちなんだ曲なのだろう、尺八だった。

「やばい！」と叫んだのはコグだ。

「体が言うことを聞かん」とタコさんが続く。

すでに風が吹き始めていた。ホシも、体の節々がむずむずしてくる。ネルドリップのように歓喜の滴《しずく》が体内にぽたぽたと垂れて、溜まっていく。早くもノア吉が回転を始めた。隣にいた笠末も、葉が嚙み合って回り出す。「やべえ、むちゃくちゃ愉《たの》しい」と口走り、二人は自転しながら、廊下を伝って校庭へ吹き寄せられていく。タコさんもコグも回り始め、クラス中を文字どおり巻き込み、むろんホシも例外ではなく、廊下から校庭へ流れ、校庭で巻いている巨大な渦に呑み込まれる。

校庭では突風が回り、竜巻をなしていた。誰かが「オドリマツノモリ小、万歳！」と絶叫している。渦の中にいくつもの小さな渦が回り、その中でまたホシは自転し、竜巻に吸い上げられて、宙に浮いていく。

ホシは歓喜にひたりながらもまだ、寄り道はどこだったっけ、と考えていた。

そもそも、何で踊松神社に初詣したんだっけな。そうだ、踊松神社に行っちゃいけなかったからだった。でも、どうして行っちゃいけなかったんだっけ？

いくら考えても迷路をさまよっているようで埒《らち》は明かず、じきに、こんなにめでたいんだからまあいいか、と思い、その棘のような場違い感を歓喜の渦に放り込んだ。

友だちとこすれ合って回り、竜巻ごと上昇しながらホシは、きっと、この神様の竜巻は松ぼっくりの形にそっくりなんだろうなあと想像し、一人でニヤニヤと笑った。

桜源郷

桜の花が咲くと人々は酒をぶらさげたり団子を食べて花の下を歩いて絶景だの春爛漫《はるらんまん》だのと浮かれて陽気になった時代があったと教えてくれたのは、鴨川先生でした。私と蜜也が、春休みに国内旅行に行くのにどこかいい秘境は知りませんか、と尋ねたら、それなら花見に行くのがよいでしょう、と言うのです。

「花見って、植物園にでも行くんですか？」

「桜です。満開の桜の下でゴザ敷いて、花を楽しむんです」

「冗談でしょう？　そんな危ないことできませんよ」

「でも昔の人は普通にしてたんですよ」

そう言って、鴨川先生は「花見」のことを教えてくれたのでした。

信じられませんでした。桜の花からは瘴気《しょうき》が出て、脳を破壊し、たちまち死んでしまうというのは常識です。だから花の時期には誰も桜には近寄らないし、普段から瘴気を吸わないよう、マスクで防備するのです。普通に気をつけてさえいれば何ということはありませんが、うっかり密集した花の森を歩こうものなら、マスクをつけていたってたちどころに瘴気にやられ、二度と帰らぬ身になります。

そんな危険な場所へ、わざわざ集団で出向いて、しかも酔っぱらうだと！　それが春の風情だなんて！　昔の人は何を考えていたのでしょう？

鴨川先生の説明によると、その当時は人口が何と今の百倍にも当たる一億人以上もあって、少しぐらい斃《たお》れても、みんな気づかなかったのだそうです。それはそうかもしれません。私だって、うちの庭に十本のマリーゴールドがあって三本を引き抜かれたらすぐわかりますが、千本あってそのうち三本が引き抜かれても気づかないでしょう。

ところが、ある時期から、花見をした人たちがそっくり消えるという事件が続発するようになったのです。死体が残っているわけでもないので、いったい何が起こっているのか見当もつきませんでした。

ともかく、満開の桜に近づくと消えるというので、桜は敬遠されていきました。けれども、すでに人口は取り返しのつかないほど激減していたのでした。それほど、昔の人は誰も彼もが花見をしていたわけです。

「だから瘴気というのも、じつは根拠のない説明でね。恐れを抱いた人たちが言い出して、それが定説になっただけなんですよ」と鴨川先生はいつもの穏やかな微笑みをたたえて言います。「ぼくは瘴気なんて信じちゃいません。現に、おとといも花見をしてきたばかりなんですから。ほら」

そう言って鴨川先生が差し出したのは、美しい爪みたいな一枚の花びらを透明なケースに挟んだものでした。私と蜜也は目を見開いて顔を見合わせました。のほほんとしている鴨川先生の、どこにそんな勇気があるのでしょう。

「いやあ、いいもんですよ。満開の桜の森に一人で座ってごらんなさい。上も桜、下にも散った桜の花びら、まわりは桜吹雪、まるで一面の白肌。あれはこの世じゃありませんね」

「具合悪くなったりしませんでしたか?」

「いやいや、もう心地よいの一言。むしろ日ごろの毒気が抜かれていくようなすがすがしささえありましたね。ま、一度行ってみなさい。誰も近寄らない、本物の秘境ですよ。そのへんの公園でいいんだから、お金も時間もかからないし」

植物の殿堂「からしや」で上級アドバイザーを務める鴨川先生の勧めですから、インチキのはずはありません。先生の言葉にそそのかされて、私と蜜也はおそるおそる、桜の森探検に出かけたのでした。

大きな森は怖すぎるので、手ごろな穴場を求め、マスクに防塵眼鏡《ぼうじん》、耳栓まで用意して、戸建てが立ち並ぶ住宅街の小路を分け入っていきます。

街はいつものように静まりかえっています。うちの集落は三百人ぐらいが住んでいますから、かなり大きいほうではあるのですが、それでも半分以上は空き家です。ここに越してきて蜜也と知り合わなかったら、私は寂しくて頭がどうかなっていたかもしれません。蜜也も私と出会ったときはおかしくなる寸前だったと言っていました。私たちはラッキーです。誰ともめぐり会えずに、桜の森へ入って消えることを選ぶ者は後を絶ちません。でも、桜の森が鴨川先生の言うような場所なのだとしたら、いったいあの人たちはどこへ消えたのでしょう?

その空き地は何と、蜜也のアパートからわずか三分の裏手にありました。家と家との隙間に勝手口に続くかのような小路があり、そこを抜けると、家に囲まれた狭い空間に、満開の桜が立錐の余地もなく林立しているではありませんか。

淡い白肌色が燃え立つようでした。そこだけ光っているような、いえ、光が吸い込まれていくような、凹《へこ》んでいる感じがあります。私は恐怖でいっぱいになり、少しでも触れられればホウセンカの種のように弾け飛びそうでした。蜜也も震えを無理やり抑え込んでいるのが、握る手のこわばりと冷たい汗からわかります。

それでも私たちは、現場に突入する消防隊員の気概で思いきって一歩、桜の密集に足を踏み入れてみました。驚いたことに、それまで感じていた風もざわめきも鳥の声も消え、周囲の家々も花に覆い隠されてしまいます。はてしなく一面桜のみです。ただはらはらと落ちてゆく花びらだけが、唯一の動くものでした。

「え？」と蜜也が私を振り返りました。

「何？」と私は聞き返します。

「みぞれ、何か言ったでしょ？」

「言わないよ」

「人の声聞こえない？」

私は耳を澄ましました。無音でした。無音すぎて、逆にうるさく感じられるほどでした。

「聞こえるような、聞こえないような……」

「聞こえるって。何か、すごい大音量のおしゃべりっていうか、内緒話っていうか。あんまりたくさんでいっぺんに話しているから、何言ってるか聞き取れない」

そう言って蜜也はあたりを見回し、「あっ」と声を上げました。「これ、桜がしゃべってるんじゃない？」

「はあ?」

蜜也は桜の花に耳を寄せ、うなずきます。

「やっぱりそうだ。花から聞こえる。これ、唇なんだよ、ほら」

花を一輪私のほうへ向けます。花びらが小刻みに震えています。私は耳を近づけました。人の声は聞こえませんでしたが、なま暖かい息のようなものが吹きかかった気がし、「やだ」と言って思わず耳を離しました。これが瘴気かもしれません。

「何て言ってた?」

「言葉は聞こえなかったけど、息がかかった」

「ため息だな。やっぱこれ、唇なんだ」

蜜也は愛おしそうにその花に頰を寄せたりします。私は気が気ではありません。

「いいねえ。何か、よくない?」

「私は不安だけど」

「何か大勢が集まってる気がする。唇ひとつが一人だとしたら、すごい数だよ。大勢と一緒にいる感じって、すごくよくない?」

そう言われてみると、確かに大勢に囲まれているような感触があります。体温というか、人いきれというか、そういうものがあたりに充満しているようなのです。何しろ、比較的大規模なうちの街でさえ、学校や職場や中心街にでも行かなければ、一日じゅう自分以外の人とは会わないような毎日です。こんなに大勢の気配に包まれるのは、初めての体験でした。そしてそれは蜜也の言うように、今までに感じたことのない心地よさをもたらしてくれるのです。頭上やまわりや足下の桜の花弁をじっと見つめていると、私の恐怖や不安も次第に和らいできました。

「慣れてくると、確かに居心地いいね」

「鴨川先生の言うとおり、こりゃあ桃源郷だね。でも桃じゃないから、桜源郷か」

私はいつの間にか、散った桜じゅうたんの上にぺたんと尻をつき、後ろ手で上体を支えてくつろいでいました。蜜也なんかは寝転がって肘枕です。

「ほら、吹雪」

そう言って蜜也は地面の桜に息を吹きかけました。すると、思いのほか大量の花びらが舞い上がり、蜜也の顔のまわりを漂います。白肌色にまぎれて、蜜也の姿が半透明になったように感じられます。

「私も」

私は手で花びらをつかんで蜜也に投げかけました。蜜也はさらに花びらに覆われます。花吹雪の向こうから、心底愉快そうな蜜也の笑い声が聞こえてきます。私たちは子どものようにはしゃいで、花雪を掛け合いました。

やがて疲れて掛けるのをやめ、花びらが落ち着くのを待ちます。

花びらがすっかり地面に落ちきり、動くもののなくなった空間に、蜜也はいませんでした。私は「みっちゃん?」と笑いを含んだ声で呼びかけました。ふざけているのだと思ったからです。呼びかけに答えるように、蜜也の笑い声が返ってきました。私も笑いました。蜜也もまた笑います。あたりに笑い声が満ちてゆきます。私は笑いやめて耳を澄まします。蜜也の笑い声だけでなく、たくさんの笑い声が振動していました。蜜也の姿を求めて、私の視線がさまよいます。頭上では桜の花弁が小刻みに震えています。

「蜜也?」

また笑い声の合唱が鳴りました。今度はもう蜜也の声は聞き分けられません。私はやにわに立ち上がって、「蜜也!」と叫び、それまで蜜也が寝転んでいたあたりの花びらを掻き分けました。羽毛のように花びらは舞い立ちますが、蜜也の姿はありません。私は半狂乱になって、蜜也蜜也と呼びかけながら、地面を叩き回りました。ただ、誰のものともしれぬ大勢の笑い声がさざめくばかりでした。

こんなことになるなら、いっそのこと私も一緒に消してくれればよかったのに。同じように桜の中を転げ回ったのに、どうして蜜也だけ消滅して私は残っているのでしょう?

人の少ないこの世に一人取り残されるなんて、身を切られるような寂しさです。

私もさらわれたいと願って、瘴気を吸えばいいのかと花に顔を寄せて香りを深くかいだり、花びらを掛けて花にまぎれてじっと動かずにいたりしてみました。けれども、ちらちらと花びらが舞い落ちる以外は、何も起こりません。笑い声もやがて消えました。日が傾き、白肌色の世界は冷たい氷色の世界に変色してゆき、とうとう何も見えなくなりました。街灯もありません。私は黙って孤独をかみしめ、空き地に隣接している蜜也のアパートへ戻りました。


翌朝は起きるなり、裏の空き地へおもむきました。金色の朝日に照らされて、桜の花は輝いていています。まばゆい光の中へ私は足を踏み入れました。行く手にはスポットライトのような光を浴びて、きのうは見かけなかった小さい桜の株がたたずんでいます。

桜化した蜜也でした。そうとしか言いようがありません。木化しているけれど、蜜也の姿形を生々しくとどめています。磔《はりつけ》にされたような格好で両腕を翼よろしく広げ、首はうなだれ、眠るように目を閉じています。足もとのほうは木と一体化して、曖昧になっています。全体的に干からびたというか、しなびたというか、もとの蜜也の半分ぐらいに縮んでいました。

仮装したまま眠りこけているようにしか見えませんでした。なぜなら、顔だけは木化せずにもとの肌の色を保っており、蜜也の首をはめたみたいな格好なのです。私は、みっちゃん、と呼びかけました。しかし反応はありません。おそるおそる頬を触ってみると、肌は柔らかく、温かくも冷たくもありません。鼻の下に指を持っていくと、かすかに息を感じました。

そのうち起きるかもしれないと思い、しばらくそこに座って蜜也の木を眺めていました。起きたのは私でした。知らず知らずのうちに眠っていたようです。日は天頂に差しかかっています。私は蜜也を見てぎょっとしました。顔がでかくなっているのです。大きなうす桃色の玉となって、重そうに垂れています。私は表情を下からのぞき込みました。眠りは深そうです。口は少し開いて、よだれでしょうか、汁がこぼれています。鼻からは、いびきとも哄笑《こうしょう》ともつかない雷音がかすかに響いてきます。その音に合わせて振動していま す。私は頭が落ちてしまうんじゃないかと気が気ではなく、目を離せませんでした。

どれぐらいの時間がたったでしょうか？　まわりの音や空気から隔絶されたここでは、時間は伸び縮みしながら進んでいるかのようです。ンガァとひときわ大きないびきが轟《とどろ》くと、息とも笑いともつかない音はぴたりとやみました。

まさか息を引き取ったってこと？

思わずピンク色の玉に近寄ります。それは空気をはらんで大きく膨らみ、私の目の前でぽんと弾けました。私はのけぞり、尻餅をつきます。その私を嘲笑うように、うす桃色の花弁をめいっぱいに開いた蜜也の顔の花は、笑い声を上げました。

私はあっけにとられてただただその顔の花を見るばかりでした。大きな花弁に囲まれた中央には、あいかわらず蜜也の顔があって、ただ色は緑で、まつ毛やら眉毛やら髭やらが雄蕊《おしべ》さながらに黄色く伸び、その真ん中には雌蕊さながらに舌が長く伸びて、黄緑の先端を濡らしています。目玉は私のほうを向いているので、たぶん私のことは認識しているのでしょう。

「何だよ、桜の花は唇だって言ってたのに、蜜也の花、顔じゃん」と私は批判しました。蜜也はへらへらと笑うばかりです。何だかばかばかしくなって、私も笑いました。すると、まわりじゅうの桜の花も、つられて笑い出します。

笑いながら私は、そうか、と納得していました。きっとこの花たちも、蜜也みたいに、もとは人だったんだ。長い時間がたつにしたがって、寄り合わさって大きな木々になったんだろう。近づきすぎた木同士って、生長していくうちにくっついて一本になったりするから。

つまり、桜の木は人の化身。桜の森は、人々が大勢寄り集まっている集落みたいなもの。

だから、人の気配が濃厚なわけです。

でもどうして人が桜の木にならなくてはいけないのでしょう？　よくわかりません。増えすぎた人間を木が食ったということかもしれません。何しろ、昔は地球じゅうが人であふれかえっていたというのだから、どんな生物にとっても最も身近な栄養源は人間だったはずです。

私は立ち上がり、蜜也の木をそっと抱きしめてみました。ただ木に抱きついただけで、蜜也の感触はありません。それでも蜜也はひときわ濃い笑い声を上げます。喜んでいるんだろうと判断し、ちょっとグロテスクかもというためらいはありましたが、私は蜜也の伸ばしている舌の先を、自分の舌先で軽くなめてみました。

蜜也は笑いの発作を起こしました。激しい笑いが止まらず、顔をゆがめているほどです。あまりに顔を痙攣させたせいでしょうか、とうとう一枚の花びらが落ちていきました。

え、もう散ってしまうの？

私は焦って、笑いを静めようと木肌をなでたりしますが、収まりません。やがて、二枚目、三枚目、四枚目と散って、ついに最後の一枚も散りました。もしかしたら私は受粉を手伝ってしまったのかもしれません。花は受粉すると散るからです。

緑色の顔がむき出しになった蜜也は、今しばらく笑いを続けていましたが、次第に落ち着いてゆきました。そして、ペッと干からびた長い舌を吐き捨て、顔を振って枯れた雄蕊も振り払います。そして私を一瞥《いちべつ》すると、疲れたように目を閉じ、眠りに落ちました。あとは午前中と同じです。今度は緑の小さな頭をうなだれて、蜜也は眠り続けます。私は日が落ちる前にアパートに帰りました。

案の定、翌朝には蜜也の実はサッカーボール大にまで膨らんでいました。首は重さを支えきれず完全にうなだれ、顔は胸についてしまって見えません。まだ緑の表面は産毛で覆われ、その産毛が朝日をまとって輝きます。果報は寝て待て、と言います。私は日が高くなるまでもう一寝入りすることにして、桜布団の上に横たわりました。

目覚めた私の視界には、太陽のように輝く完熟の蜜也の実が飛び込んできました。黄金《こがね》色で少し透きとおって中の果汁が透けて見え、日の当たる表面はほんのりとピンクがかっています。私は両手で実を抱え、慎重にひねりました。食べごろの実は難なく軸から外れます。少しでも力がかかると、柔らかい実は凹んでしまいます。

私は地面にあぐらをかいて座り、組んだ脚の上に蜜也の実を載せました。なだらかな表面からは、もはや顔のでこぼこは消えています。ちょうどつむじがあったあたりから、皮をむいてゆきます。爪を立て、少し皮をめくり上げたとたん、豊かな汁がこぼれ出てきました。私は思わずなめ取ります。甘い！　何という甘さでしょう。たちどころに私の体までがとろけて液化して蒸発してゆきそうな甘さです。メロンと桃とマンゴーを合わせて、さらに揮発性を高めたような、蛍光色の味とでも言えばいいのでしょうか。こんな美味しい果物、いや、食べ物は初めてです。

私はむさぼりました。皮を少しずつむいては、実をすすります。果汁と果肉の中間のような実は、すするだけで口じゅうにあふれてきます。こんな巨大な実を一人で食べられるだろうかと当初は思ったものの、またたく間に私は蜜也を平らげてしまいました。

実の中央には、桃や梅の種のような、固くて大きい皺だらけの種がありました。私はしゃぶり尽くし、繊維もきれいに取り除いてから、ゴルフボール大のその種を検分しました。ちゃんと蜜也の顔はありました。皺に埋もれて年寄りとなった蜜也が眠っています。鼻も口も唇も、小さいながら丁寧に作られています。愛おしさがこみ上げてきて、私はまた種を口に入れてしゃぶりました。舌で、つむった目やら唇やらをねぶってやります。それでも気持ちは収まらず、ついには嚥《の》み込んでしまいました。ちょっとのどに引っかかって息が詰まりそうにもなりましたが、気合いで腹に収めました。

今、私の体からは、桜が芽吹いています。わきの下や首のつけ根、足の指の間、ひじの内側などから、緑の芽が出ているのです。根が出てくるのも時間の問題でしょう。そのときまでに、私は新しい場所を決めるつもりです。あの空き地とは違うどこかに、私は植わります。そしてそこで、まずは蜜也と私という二つの花を咲かせます。やがて孤独に耐えられなくなった者や完結したい恋人たちが、少しずつ私たちに加わるでしょう。新しい桜の森の始まりです。そうして地球上の人間がすべて桜の木に変わる日を待つのです。

満開の桜の森はいつだって人の気配でにぎやかです。

あまりの種――あとがき

私が植物の殿堂「からしや」に出会ったのは、小説家ではとても食えなくなって、不惑を前に路頭に迷いかけたときだった。小説だけで食うことにこだわりすぎて、他の一切の仕事を拒んでいたら、まったく仕事が来なくなったのだ。つまり、書き手としての私は、依頼主の都合に合わせていろいろな文章を書いてくれるなら、小説も書いてもいいよ、程度の存在だったらしい。

ついに住まいも失い、ふらふらと路上をさまよっていたところ、「アルバイト募集」の張り紙が目に入り、その場で面接を受けたのが、「からしや」だった。食べ物の好き嫌いやアレルギーの有無を尋ねられ、特にないと答えると、採用された。その場で、寝床がない旨を訴えると、担当の職場が決まるまで倉庫で寝てよい、と言われた。

倉庫と言っても、店頭に出す前の植物たちが潜んでいる場所なので、寒くも暑くもなく、湿度も管理され、換気もいい。夜に明かりをつけてはいけないことだけが人間の私には不便だったが、むしろ原人に立ち返れたようで、健康になった。

研修として最初に与えられた私の仕事は、レジ打ちと、売り物にならなくなった植物の処理だった。これが驚きなのだ。何しろ、売っている植物より、枯れて売り物にならなくなる植物のほうが多い。

こんなんで利益出るんですか、と研修期間に社員に尋ねると、利益の出る値段をつければいいだけのことです、と答えが返ってきて私はいま一度啞然《あぜん》とし、それってぼったくり、とつぶやいた。

じゃあ、葟蕣《ほしの》さん、植物の値段て何ですか？　その値段だけの価値があるってことですか？　それなら八千円の胡蝶蘭と百円の多肉植物と、七千九百円分の価値の差があるある理由って、説明できますか？　その価値の差って何ですか？　植物の優劣ですか？　植物に優劣ありますか？　何を基準に値段をつければいいんですか？　答えられますか？　と畳み掛けられて、私は返答に窮した。

それは……需要の差、ですかねえ。あと、手をかけた度合い、かな。

私は苦しまぎれに答えた。

そうです。それ以外に答えはありません。だから、うちが採算の取れる値段をつけて、それでも買ってくれる人がいるなら、暴利を貪ってるわけでも何でもないじゃないですか。植物に値段をつけて売ることの合理的な説明なんて、他につけようがありません。

反論のしようがなかった。でも、すべての物の値段のつけ方は同じじゃないか、と思った。ってことは、私の小説の値段も、同じだったたってことか。

そう考えると実感があった。むしろ、売れる小説は値段が安くて買いやすく利益が多くなる。高いから価値のある小説ってわけでもない。

つまりね、と社員は続けた。売り場に出ている立派な鉢植えと、もう枯れてしまった鉢植えと、これも価値の差はなくて、本当は値段も同じなんです。黄色い花と青い花、くらいの違いしかありません。でも、枯れたのは売れないから、値段がつかないんです。

だったら、枯れた植物の売り棚も作ればいいじゃないですか。売れるかもしれないから。

私は意地になって言った。

わかってませんね。まあ、新人アルバイトだから仕方ない。うちが何で「からしや」っていうか、知りませんか。

創業者が辛島さんとか、その手の名前なんでしょ。

うちの創業者は緑川緑と言います、と社員は首を振った。上から読んでも緑川緑、下から読んでも緑川緑。

私は困惑した。社員は平然と続ける。

人が見向きもしない、枯れたり弱ったりしている植物を市場で集めて、欲しい人に分けたんです。お金も、払いたい人は払いたいだけ払う、ない人にはタダでいい。そうしたら、儲かってしまったんです。それだけじゃない。生きている植物を売るようになってからも、お客さんに、枯らしてもいいですからね、気にしないで枯れを楽しんでくださいね、そのうち雑草が生えてきてまた新しい時代が始まりますし、ってお薦めするのを、うちの方針にしたんです。

花屋の意味がなくないですか。

まさにそう思う人たちもいっぱいいたわけですよ。それで、バカにするように、あそこの花屋さんは花屋じゃなくて枯らし屋だから、って言われて、逆手にとって「からしや」と名乗ることにしたんです。植物の命のサイクルすべてがここにありますよっていう意味を込めて。

じゃあ、「からしや」の原点である、枯れ草販売の棚もあるんですね？　どこですか？　見せてください。

社員は軽蔑を隠さないまなざしを私に向け、葦野さん、自分の知らないことに対してもっと素直に謙虚になったほうがいいですよ、まだろくに事情をわかりもしないくせに、はなから不信感丸出しで食ってかかるような態度とってちゃ、想像もつかないようなお客さんたちの幅広い願いなんて、理解できませんよ、と忠告した。

図星を指された私は、不機嫌に黙り込んだ。そうなのだ、いつもそんな態度だから私は仕事を失い、路頭に迷い、助けてくれる友人知人もいなかったのだ。

枯れた植物を並べていた棚には、そのうち、お客さんも自宅で枯らした鉢植えとかを持ち込むようになったんです。そうしたら、売れる量より持ち込まれる量のほうがずっと増えてしまって、棚がいつもあふれるようになった。それで、いったん棚は廃止して、持ち込みの古植物を引き取ってリサイクルする事業も始めたんです。

古植物……。何か嫌な言い方ですね。

新しいことに価値があると思っている人はそう言うんです。古いか新しいかは時間の経過の差にすぎなくて、しかも植物はもっと大きなサイクルを繰り返して生きてるんで、どこも大きな生の流れの一局面でしかありません。価値の問題じゃあない。価値で言うなら、どれも価値は同じ。さっきの値段の話と一緒です。

植物の値段はあってなきがごとしなんだとしたら、古植物の査定はどういう基準でするんですか。

　担当者の気分です。持ち込んだお客さんの古植物に対する愛着を見る場合もあるし、担当者がその古植物を気に入る場合は高く引き取るだろうし、気分です。

　私はそのいい加減に思える基準に、もう驚かなかった。それでいいんだ、と次第に説得されていた。

　古植物を持ち込むと、新植物と交換してくれるとか？

　その場合もありますし、金銭と交換で引き取る場合もあるし、うちでの買い物の割引ポイントになる場合もあります。

　古植物を引き取れば新植物の購買につながるだろうっていう、ファストファッションみたいな消費促進のいやらしいしかけと考えていいですか、と私は、どうせひねくれ者と思われているなららしく振る舞おうと決めて、尋ねた。

　そういう見方の人には、そのようにしか見えないでしょうね。でも、リサイクル業務にたずさわっているうち、菫野さんにもわかるようになりますよ。違うものが見えてきますから。私から説明されるより、ご自身の体で実感してください。

　研修期間が終わると、私は郊外の森の奥にあるリサイクル施設に送られた。そこに住み込みで、リサイクル業務に専念しろ、ということだった。

「からしや」の各店舗からトラックで直配送されてくる膨大な古植物を、鉢から抜き、土と植物本体とに分ける。リサイクル師がまだ生きていると診断した植物は、地植えにしたりハウスに入れたりして、回復させる。枯れている植物は、ワイルドなシュレッダーのような機械で細かく砕く。古い土は、微生物を含んでいる再生用の土とよく混ぜられ、コンポストを作る巨大なタンクに、砕かれた古植物とともに投入される。発酵しやすいようタンクは温度も環境より高めに設定されていて、内部の羽根が定期的に回転して通気性を確保し、半年程度で堆肥は完成する。

リサイクル施設にはそれなりの人数が働いていたが、私はコンポストの管理担当で、他の職員と顔を合わせることは滅多になかった。

人間誰とも顔も合わせず話もせずに、植物と土とだけにまみれて暮らしていると、自分が植物の側に吸い込まれていく。コンポストのタンク群は森の木々に囲まれており、私は秘密基地で工作活動にたずさわっている気分になった。人間に対して、土たちがバイオテロを仕掛けようとしていて、私はその下っぱの手先なのだ。人間なんか、みんな肥料にしてやればいいのだ。

コンポストのタンクの蓋を開けて、上部から土の具合をチェックしていると、ときどき飛び込みそうになる。自分も砕かれ分解され土の一部になりたいと、衝動を感じる。

土は、生きている微生物や虫と、枯れた植物の体や虫の死骸、排泄物、それに鉱物などの無機物からできている。生死が渾然《こんぜん》一体に混ざって区別のつかない、生きていることと死んでいることのトワイライトゾーンだ。私はすでに、曖昧なトワイライト人間に変わりつつあった。

そんなころだった、創造主《クリエイター》から依頼があったのは。

クリエイターは人の姿をし、今度「PLANTED」なる植物雑誌を作るから、葦野君はここで聞いたであろう植物たちのつぶやき交わす噂話を、物語に書くといい、と私に告げた。

もうすっかり書くことなんて忘れていた私だったが、取りかかってみたらのめり込んでしまった。読む人のことなんか頭から消えて、とにかく植物のつぶやきをいかに人間の、私の知っている言葉に直していくか、それが難しくも快感で、没頭した。

そう、確かに私は聞き続けてきたのだ、植物たちのつぶやきを。枯れかけている植物の呼吸、もう枯れて砕かれて土の中で発酵している最中の植物の立てる音、その養分を食べながら醸《かも》しの主役となっている微生物の呼吸、温度が変化して空気が立てる音。

そういったものは、人間の使う言葉の範疇には入らないかもしれない。だから、それを言葉に変えて、まして物語にするなんて、人間の勝手な妄想にすぎないことは、わかっている。それでも私は、自分の感じ取ったつぶやきを、物語の感触として再現してみたかった。そうすれば、私が古植物や土の一部になれるような気がして。

冒頭の「避暑する木」を書きおろすのは、二〇二一年の正月だろう。実在はしない架空の「をの木」の記憶に、耳を澄ませた。

それから、その前年の五月に遡って、「ディア・プルーデンス」を書いた。一生に一度でいいから、ビートルズの曲をタイトルにとった作品を、私も書いてみたかったのである。ビートルズのファンでもないし詳しくもないけれど、二〇一九年にたまたま「ディア・プルーデンス」をとりとめなく聴いていたとき、歌詞が急に頭に入ってきた。そして、これだ、と思った。コロナ禍で最初に書いた作品となったので、その影が差しているけれど、内容はコロナ前に歌から聞き取った物語だ。

「記憶する密林」以降が、植物雑誌「PLANTED」で二〇〇七年から約一年半にわたって連載した、「Made In Plants」というシリーズ。花屋の東信《あずままこと》さんの植物作品とのコラボレーションでもあった。

「記憶する密林」はその四作目で、まさに植物が記憶を蓄積するさまが書かれている。

「スキン・プランツ」は二作目で、私の全小説中、最も華やかで明るい作品かもしれない。そして私自身も強い愛着を持っている。花たちが未来の記憶を語ったのである。

シリーズ最初の作品が「ぜんまいどおし」。今回の収録にあたって後半部分を大きく改稿した。ここで知った植物転換手術のモチーフを、アンソロジー『作家の手紙』で余談的に展開したのが、「植物転換手術を受けることを決めた元彼女へ、思いとどまるよう説得する手紙」。

「ひとがたそう」は三作目。植物の反乱を鎮圧する特殊工作員ネオ・ガーディナーなる存在は、もちろん「ブレードランナー」のイメージ。名前も語感を似せて「プラントハンター」としていたが、プラントハンターは帝国主義時代の西洋列強のために、植民地から利益になる植物を見つけてくる存在として実在していたので、今回、変更した。

　ネオ・ガーディナーものの二作目が「始祖ダチュラ」。東信さんが、自分たちが楽しむために行っていたＡＭＰＰという企画展で、大量に育てたダチュラを展示し、それに合わせて物語を作ってほしい、と依頼され、書いたもの。作品は、『ダチュラ畑を捕まえろ』という冊子に収録されたほか、東さんたちはこの作品を自ら映像化もしている。私たちは、まんまとダチュラの企みに乗せられたわけだ。

「踊る松」は五作目にして、シリーズ最終作。これが掲載された号で、「PLANTED」は休刊になった。東信さんは、偏愛している松を使った「式」というシリーズをライフワークのように作っていて、その松たちから私が聞いた物語。登場人物は、私の友人たちがモデルになっている。

坂口安吾「桜の森の満開の下」を下敷きに書いた短編が、「桜源郷」。安吾の小説の冒頭の一文からスタートして、違う運命をたどることになる。桜ものでは、梶井基次郎の「桜の樹の下には」もあって、桜は死体を吸っているからあんなに妖しく美しいと言っている。桜はそういう発想を人間に吹き込むのが好きなのだ。

そして、蘭がつぶやくのをうっかり聞いてしまった私は、二〇二〇年の秋に「喋らん」を書くことになっただろう。いや、書かなかった。書けなかった。私の知る言葉に直すことはもう不可能だった。人間の言葉は壊れてしまったので、直しようがない。だから私には永遠に書けない。

蝶らん

きっかけは鈴虫でした。鈴虫のリーンリーンという鳴き声はじつは羽をこすり合わせた音で、右の羽のふちにギザギザがついていて、左の羽のふちのツメでギザギザをこすって鳴らしているといいます。小学校で習うことだからもちろん知識としては知っていましたが、ネットでその羽の拡大写真を見て、何かとてつもないことが閃いたのでした。

けれど、それがとてつもないことだということ以外、何を閃いたのか、わかりませんでした。便意はあるのにいつまでたっても本体が出てくれない、しつこい便秘のようなもどかしさ。しかも存在だけはひっきりなしに主張してきます。おかげで意識を逸らせず、それがいったい何なのか、目の覚めている間じゅう考え続ける羽目に陥ったのです。

注意力散漫になって、やたらと人やものにぶつかりました。人からは罵られ、犬からは吠えられ、鳩にはフンを垂らされます。体のいたるところ、アザだらけ。

ぼうっとして踏切から線路に入ってしまったこともありました。茶渋が染みたような色の線路の石を、こすり合わせたら茶渋色が取れるかどうか、確かめたくなったのです。しかも自分がそうしたかったと気づいたのは、警報機が鳴り始めて焦って線路の外に出てから。何で手に石を持っているのだろうと考えて、初めて自分の無意識の行動の意味を知ったのです。そして両手に持ったその石同士をこすり合わせて、「違うな」とつぶやいて放り投げました。

しばしば、住宅街の、家屋が取り壊された空き地にたたずんでいる自分を発見しました。気づくとそこで雑草を調べています。花をめでたり実をもいだりしていることもありますが、たいていは葉っぱをちぎっている。よもぎを摘んで草餅を作った日もあったし、見たことのない草を株ごと掘り起こして持ち帰り、鉢植えにしたこともありました。

ちなみに、持ち帰ったその草は、茎の細さに合わない巨大な葉を茂らせ、茎が支えられずに地を這い、蔓も出ず何かに巻きつきもせず、ただ葉が絨毯《じゅうたん》のように広がり、葉の上に細かな水色や黄色や桃色の夥《おびただ》しい花をびっしりと咲かせ、あとには魚卵のような半透明の蛍光オレンジの実をつけました。

でも、何をしても違うのです。違うということはわかっても、何を探しているかはわからないのだから、厄介です。

猛暑もおさまって秋の虫が鳴き始めた満月の深夜。我に返ると、待宵草《まつよいぐさ》が咲き乱れる空き地に入っているところでした。要するに鈴虫を捕まえたかっただけか、と落胆しましたが、そんな安易な結末のために隔靴《かっか》掻痒《そうよう》の日々を耐えていたはずはない、と気を取り直します。

その空き地は、どの草も胸ほどの高さまで伸びて藪と化していました。分け入るのには覚悟が求められます。蚊に刺されまくります。ススキの葉が、むき出しの手を切り刻みました。

左手の甲にひときわ鋭い痛みが走って、深い切り傷ができ、その血をなめた瞬間、ススキの葉のふちの拡大図が目に浮かびました。自分の目が顕微鏡のレンズになったかのように。葉のふちはノコギリのようにギザギザになっていて、人の肉を切るのです。ギザギザなのです。肉眼ではよく見えないほど細かくギザギザなのです。だから、もう片方のふちにこすり合わせれば、秋の虫のような音色を奏でるはず。

そういうことか。やっと見つけた。あのとき自分には、鳴く草の存在が閃いていたのか、と納得しました。

鳴く草はどこかにある。なかったとしても自分が作り出せる。

さっそく適当にススキの葉をつかんでふちをこすり合わせてみますが、味気なくシャカシャカと摩擦音が小さく鳴るだけ。そりゃそうです、ギザギザ同士をこすり合わせてもギザギザな音しか出ない。鈴虫も、左の羽にはギザギザをこするための固いツメがついているじゃないですか。まずはススキの葉の片側をツメにすることから始めなくちゃなりません。

もちろん、一筋縄ではいきません。膨大な時間をかけてギザギザをつけ損なった突然変異の葉をあれこれ探し、それらを掛け合わせて、しっかりツメのついた葉に仕上げていきます。

しかも、たんにツメの形をしているだけじゃダメ。ギザギザの葉とこすって美しく響かなくてはならないのです。

名匠がヴァイオリンを作るように、ツメの形状を微調整して一人前の株に仕立てるのは、蛇行する川が三日月湖を作るのを待つぐらいの根気がいりました。

ツメの株とギザギザの株とが混在するススキの原がようやく完成したのは、もう髪も歯も抜け落ち、耳も自前では働かなくなった齢《よわい》になってからでした。

ススキの原に簡易な小屋を建てて弟子たちと泊まり込みで作業をしてきて、株が十分に育った秋の、風が南から北へと変わった晩、リリーン、リリーンと繊細な音が響いてきました。

窓も戸も開け放って、月の光に照らされた原の、風にそよいで葉をすり合わせるススキを、弟子たちと眺めます。

風の強さや向き次第で、さまざまに音色が変わります。まるで無数の風鈴やグラスハープが踊り乱れながら音楽を奏でているかのよう。そのガラス質とも金属質ともつかない、繊細ではかない旋律や不協和音に聴き痴《し》れていると、壊れものの自分が割れていくような切ない気持ちを掻き立てられます。さらにそこに秋の虫も加われば、この世とも思われぬ幻想的な合奏が広がり、聴く者が正気を保つのは難しいほどでした。

発明した者が亡くなったあと、後継者たちは小さな会社「グラス・グラス（Glass Grass）」を立ち上げ、「泣けるススキ」と命名して売り出しました。

見かけはただのススキですから、最初は売れませんでした。ベランダでは場所をふさぎすぎるし、庭のある家はわざわざススキを植えません。屋内用のミニ鉢植えも、風が吹いて葉がこすり合わされないとまったくの雑草なので、さっぱりです。

グラス・グラス、通称グラグラのスタッフたちは、ゲリラ戦術を展開しました。開発者がしばしば立ち入って放心していた、住宅街のあちこちの空き地に、こっそり泣けるススキを植えたのです。

通りがかってその音を耳にした者は、つい立ち止まってしまいます。街角であたかもバンドネオンの嘆きを耳にしたかのように、一瞬、心が奪われ、その音の出所を目で追うのです。しかし、まさかススキだとは思いもよりません。

都市部で音楽のように鳴く新種の虫が増えているらしい、という口コミが広まったところで、グラグラがサイトや広告で、その正体は泣けるススキであることを明かします。泣けるススキが鳴いている姿の動画も流しました。月の野原でススキの演奏とともに全身カラータイツたちが踊り狂うイメージビデオも作成しました。

効果は予想以上でした。空き地には人が殺到し、中でも人気の空き地では、スタッフたちが実演販売をします。ミュージシャンの中には、空港ピアノのように、泣けるススキで演奏しようとする人も現れます。風に合わせてイルミネーションを点滅させるアーティストもいました。即興で音に合わせて落語を演じたり絵を描いて売ったり、まったく無関係に食べ物の屋台を出す者もいたりと、ちょっとした縁日でした。

その幻想性から、泣けるススキは、「飛べるグラス」とも呼ばれました。たんに「グラス」「草」「葉っぱ」と呼ぶ、業界の人もいます。

かくして、人々はこぞって引っこ抜かんばかりに、泣けるススキを買い求めて行きました。繁華街の街路にも、住宅街の庭にも植えられ、ベランダにはプランターが置かれ、風の吹き荒れる日は、世界がガラス質の音の乱反射できらめきます。多幸感に包まれる人が続出し、仕事を放り出したりするのでした。

泣けるススキは、穂は出すけれど種は発芽せず、冬になれば根ごと枯れるので、株が増えることはありませんでした。あくまでも、特許を取得したグラグラの厳重な管理のもとで独占的に生産される、人造植物なのです。

泣けるススキをコピーできないのなら類似商品を作ってしまえ、とばかりに、音の鳴る植物の開発ラッシュが、ほどなく始まります。それから数年の間は、けったいな植物が次々と登場したものでした。

実がはじけるときに、「ジャーン！」とジングルの鳴るホウセンカ。「ダン！」とピアノの和音だったり、太鼓の合奏だったり、まあパソコンやスマホにありそうな音です。同様に、花がはじけるように開く瞬間、きゅうーポンッと破裂音の響くキキョウ。

銃声のする鉄砲ユリ。

月光があたると狼の遠吠えを発する月見草。

咲き乱れているネモフィラの群生は、風の吹くたびにさざ波の音が移動して、伝言ゲームをしているかのよう。

花開くなり濃厚な香りとともに深いため息をこぼし続ける、沈丁花、羽衣ジャスミン、金木犀。

息を吹きかけると、笑い声とともに花を赤らめる酔芙蓉《すいふよう》にアジサイ。

伸ばした蔓に風が吹いたり葉が当たったりするたび、アコーディオンのような風琴の音色を奏でる、ヘチマ、ゴーヤ、スイートピーやエンドウ豆など豆科の草。

ラベンダーは鈴の大合奏。

肉厚になったヤツデは、拍手でどんな複雑なリズムでも刻みます。

安い商品の場合は、音の出るチップが仕込んであったりというものもありましたが、まがいものはすぐに廃れ、実際に音を出す植物が市場に生き残っていきました。やはり育苗家と音楽家との共同開発が多かったようです。

ひときわ話題をさらったのは、植物の殿堂「からしや」で、訪れる人にテレビ局が行ったインタビューでした。

「よくいらっしゃるんですか」

「はあ、暇なときはたいてい。たいてい暇なんですけどね」

「それは泣けるススキの、ひばりバージョンですね?」

「あ、これ。小鳥シリーズ、好きなんですよ。ボタンインコと文鳥も持ってます」

その若い男性は、インタビューをしている女性の取材者に、何の変哲もないススキの鉢植えを掲げます。

「小鳥がお好きなんですか。本物じゃダメなんですか?」

「え? これ、まがいもんじゃないですよ。グラグラ、オーセンティックですよ」

「本物の小鳥じゃダメなのかなって」

「ああ。ダメですね。いつか死んじゃうじゃないですか」

「ススキだって枯れますよね」

「枯れるのと死ぬのは違いますよ」

「植物にとって、枯れるっていうのは死ぬことじゃないんですか？」

「そう思いたくなるけど、やっぱ違うんですよ。えっと、小鳥は一羽二羽って数えるでしょ？」

「ええ」

「死ぬときは一羽単位じゃないですか」

「五羽死んだら、五羽って数えるってことですね」

「そうそう。でもススキはそれがわからないんです」

「そのお持ちの株が枯れたら、二株枯れたってことにならないんですか」

「これ」と一つの株を指差し、「出荷する前は、グラグラではもっと大きな一つの株だったかもしれないじゃないですか。それをいくつかに分けて売ってるのかもしれない」

「まあ、ありえますね」

「つまりね、草の場合、何を一つと数えるかって話なんですよ。どこで区切って別々だと思えばいいのか、わかんない。例えば、ぼくと記者さんは地続きの同じ人じゃないですよね」

「はい」。取材者の声が強くなります。

「どこからどこまでがぼくで、どこからが記者さんか、なんて悩むことないですよね」

取材者はうなずきます。

「どうしてですかね？」

「それは考えも感情も違うから」。そんなこと聞いてくるな、と言いたげに、取材者は少し苛立ったように答えます。

「ですよね？　脳味噌が違うからですよね。ぼくと記者さんが別々の個体だって思うのは、それぞれ一個ずつ脳味噌と心臓を持ってるからですよね」

「ああ、脳と心臓一つずつで、一人二人とか一羽二羽とか数えるってことですか」

「呑み込み早いですねー。自分と自分じゃないものを分けるのは、脳味噌と心臓がコントロールしている体の範囲ってことです。一個の心臓と脳味噌につき、個体一個。人間も動物も虫も同じ。じゃあ、植物は？」

「心臓も脳もない……」

「ね？　だから、どこで区分けしていいかわからないんですよ。区分けできなきゃ、個体っていう分け方もない。だから数えられない。そして、死んだかどうかもわからない。だって、死ぬって、心臓と脳の止まることじゃないですか」

「心臓がないから、枯れるのは死ではない、と」

「意味が違うんですって。どこまでが個体かわからないんだから、このススキは死んだ枯れた、って言い方しても、それは人間や動物の価値観を当てはめてるだけですよね」

「でも、そのススキも時期が来れば枯れますよね。そしたら、生きてはないですよね。泣けるススキは根っこごと枯れるから、春になってももう新芽は出てこないし、それは命が終わったんじゃないですか？」

「そうだなあ、何て言えばいいんだろ。そう、例えば、爪切りますよね」

「爪」

「髪でも髭でもいい。皮膚でもいい。要するに、自分の体でも、古くなった細胞は、それこそ死んで体から排出されますよね。毎日、大量の細胞が自分の中で死んでますよね。でも、それで『ぼくは死んだ』とは言わないですよね。いくら細胞が死んでも、個体が死んだことにはなりませんよね。植物が枯れるのはそれと近いかな」

「極端に言うと、脳と心臓がなければ、生き物は死んだとは言わない、と？」

「ぶっちゃけ、そういうことですね。死っていう現象というか考え方は、心臓と脳味噌を持つ生き物に当てはまるサイクルなんですよ。太陽がなければ、昼と夜っていう分け方も意味なくなりますよね。心臓と脳味噌があるから、死っていう区切りのつけ方が必要になるんだと思うな。命の終わり方にはいろいろあって、死っていう終わり方は、その一部にしかすぎないんです。植物は枯れるけど、死とは無関係なんです」

「うーん……。まあ、では、本物の生き物の小鳥は死ぬからダメで、死とは無関係な植物のススキなら枯れてもかまわないっていう感覚の違いについて、もうちょっと教えてもらえますか」

「そりゃ、このススキが枯れたら、ぼくも寂しいですよ。けど、小鳥を飼っていて死んだら、やましい気持ちが残るじゃないですか。申し訳ない、悪いことをしたって後ろめたさが。でもススキがうちで枯れても、罪悪感はないんですよ」

「それは、罪悪感は死ぬっていう感覚とからんでるからですか？」

「よくわからないけど、何ていうか、ススキに対してぼくができることはないんですよ。ぼくが関われると思うなんて、おこがましいんです。本物の小鳥にはぼくが世話をする責任が生まれるけど、ススキにはぼくは何もできないので、そういう関係は成り立たないんですね」

「水をやらなければ枯れますよ」

「そうね。環境を整えてあげれば、生き生きするし、花の咲く草なら、花が立派になったりしますよね。それはそう。でも、植物は勝手に生きているんです。ぼくのおかげじゃないんです。ぼくが仕えてるわけでもない」

「すみません、だんだんわからなくなってきました。それでは、どうして泣けるスキをそんなに買うんですか?」

「勝手に生きてるのに、ぼくが息を吹けば美しく響くし、風のあるところに出しておけば音が奏でられちゃう。ススキの意思と関係なくね。つまり、ぼくはたんなる風とかと同じなんです。自分がたんなる風とか日照とか、そんな現象と同列だと感じられると、すごく楽で気持ちいいじゃないですか」

「ありがとうございました。お時間いただいてすみません。ゆっくりお買い物を続けてください」

禅問答じみたこのインタビューに、共感の嵐が巻き起こったのでした。わかるわかる、心臓と脳がないのにこっちに反応してくれるからいいんだよね、意思とかもう懲り懲りだよね。それならSiriみたいな人工知能との応答とかロボットとかで十分じゃん、と指摘する声には、そこは生き物であることが肝心、だって意味のやりとりはなくたって生き物は関わり合えるってとこがいいのに、人工知能とかって意思があるフリするじゃん、と反論。またしても分厚い賛同が寄せられました。

莫大な利益を手にしたグラグラはそのころ、まさにその領域の研究を完成させつつありました。ちまたが音の出る植物の育成に躍起になっている間、さらにその先を行って、しゃべる草の開発に勤しんでいたのです。

当初、発売された草は、単純なものでした。

間近に聞こえる人の言葉を蓄えて、繰り返すポトス。しつこく覚えさせた言葉を、ランダムに発する日々草。日が当たったり、揺らしたりすると、それに応じたフレーズをつぶやくクリスマスローズやシクラメン。

さらに開発が進んできたときに、他の植物とは能力の差を見せつけたのが、らんでした。花をつけている間という限定つきながら、話しかけると答えるのです。

「おはよう、元気かな」「カレーライスがいいです」

「調子はどう?」「一泡吹かせてやりましょう」

「今日は落ち込んでるんだ。何か楽しい話して」「めっちゃムカつきますね！　おならしてやりなさい」

「おめでとう！」「けっこうです」

狙ったわけではなく、ミスマッチな答えが返ってくるのは、らんの限界なのでした。でもこの珍回答がウケて、「喋らん」は引っ張りダコとなります。

どこかズレているけれど、プログラムの法則性が透けて見えたりはせず、雑談の満足感をしっかり与えてくれる会話に、世の人は虜になっていきました。

風貌と語彙と花の時期の異なる、さまざまな品種の喋らんが生み出されました。自分の話ばかりする「俺さま」、トンチンカン度が頭抜けている「あさって」、美辞麗句だけを凜々しく朗誦する「宝塚」、お追従《ついしょう》のうまい「こしぎんちゃく」、口が悪すぎて愉快な「マラドーナ」、口下手な「ケンさん」。

しかも、声がまた中毒性が高いのでした。人工知能のような合成した感触はなく、でも人の声でもなく、自分が考えるときに使っている声、とでもいいましょうか。

ハマってしまうと、いくつもの鉢植えを買って、一年中、複数の花が咲いている状態にしていないと耐えられなくなります。話しかければ、いくつもの花が好き勝手なことを言い、それが心地よいのです。

個人宅にだけでなく、会社の受付、テレフォンセンターの応答、各種インフォメーションセンター、テレビの司会、ラジオのパーソナリティ、悩み相談、交番、学校教師など、ありとあらゆる業種に喋らんは採用されていきました。

そして、悟ります。意思疎通なんてさしてできていなくても、どうにかなるもんだ、と。むしろ、細かなところまで完全に了解しあおうとすると、行き違っていることがあからさまになって、許せないという気持ちが湧き起こってしまうわけだ、と知るのです。

次第に人間たちは、人間同士で会話するのを避けるようになっていきました。どんなにめちゃくちゃでも関係性がこじれることはなく、自分も傷つかない喋らんとのおしゃべりがあれば、わざわざ他人と会話してきつい思いをするのがバカらしくなってくるのです。

このときに、ちょっとした論争が起こりました。伊豆音響派と甲州言《こと》ノ派が対立して、互いを批判し合ったのです。泣けるススキは伊豆半島にファームがあり、喋らんは甲府盆地の温室で研究開発されていたため、それぞれが伊豆と甲州を名乗って、感情をぶつけ合ったのでした。もともと、どちらも「富士山はウチのもの」と思っていがみ合ってきた土地同士ですから、罵り合いは苛烈を極めました。

伊豆音響派の言い分は、こうでした。

泣けるススキに始まる音の鳴る植物は、音だからいいのであって、言葉を話すとなると別だ。言葉は意味を持ってしまうから、それがいくら荒唐無稽なやりとりでも、植物と自分との関係には意思が生じてしまう。もはや私たちは、ただ葉を揺らす風とかと同じではいられない。植物に頼って利用しているエゴイストでしかない。

対する甲州言ノ派は、伊豆音響派を理想論者として嘲笑します。

人間が言葉を捨てられると思い込んでいられるなんて、幸せですね。言葉から離れることはできないという不幸な宿命をのみ込んでこそ、初めて、言葉が意味を離れて単なる音になる瞬間を感じ、無我の境地をかいま見ることができるようになるのではないですか。喋らんは、言葉が意味であることと、単なる音であることの間にいる。だから喋らんを通じてのみ、私たちは泣けるススキそのものになれるのです。

ススキの庭を持ちたくて伊豆大仁《おおひと》温泉の公営住宅一階に引っ越した私は、音響派でした。喋らんにも当初はのめり込みましたが、次第にうざったく感じるようになり、頭を働かせなくてよいススキに回帰しました。

けれど、世の趨勢《すうせい》は甲州言ノ派に傾く一方で、音響派は時代についていけない守旧派と見做《みな》されるようになります。私はすっかり嫌気がさして、伊豆に引きこもり、音だけを出す草に囲まれて過ごしていました。

秋の紅葉のシーズンでした。丹沢に泣けるススキの自生地がある、という極秘情報を、私と同じく世をすねて隠遁《いんとん》している伊豆音響派の仲間から得て、確かめたくなったのが運の尽きでした。

自らは繁殖できないはずの泣けるススキが、自生している。グラグラが植えた原っぱなのかと思いましたが、そうではなく、いつの間にか存在していたのだそうです。丹沢だけでなく、日本中にそんな自生地が広がっているとのこと。

喋らんが人気を博してから、泣けるススキは飽きられて空き地などに捨てられ、冬を越して繁殖力をつける株が現れたりして、増えていったのではないか、とその仲間は推測していました。

人造だろうが、植物には環境にすぐ適応する力があるのでしょう。

教えられた自生地に、私は行ってみました。登山道から大きく外れた地帯なので、たとえ無駄で遠回りに思えても、指示通りの手順とルートを守らないと、行き着けないどころか迷って戻れなくなる、と言われました。それは異界に入る儀式なのだろうと私は解釈し、もう山で生息するぞという覚悟で入山し、教えを守って無事にたどり着きました。

秋晴れのターコイズブルーの空の下、風に泳ぎながら、ススキはガラス質や金属質な音を奏でるだけでなく、弦楽器や笛のような音、人の歌声まで出しています。もはや何にも似ていない音楽もありました。ススキは変化し続けているのです。

誰もいない、誰も聞いていない山の原っぱで、人間が無理やり作り出した草たちが、人間とはもはや関係なく新しい植物として独自の進化を始め、人間の知覚ではとうてい届かない音楽を静かに奏でている。私は自分がヒトから離れていく気持ちを味わいました。人間ではなくなって、人間よりほんの少しマシな、何か新しい生物に、私も変容していく。

もちろん、それは錯覚です。私は私のままです。でも、ほんのわずかな瞬間であれ、私はここにススキたちといてよい、と思えた。それはごく自然ななりゆきであるように感じられた。

泣けるススキが作られたのは、人間たちの欲望によるのではなくて、この地球の環境の力が、そのような生物が生まれ、それによって他の生物も少しずつ違っていくよう、働きかけたのだろう、と私は理解しました。それは意味ではなくて、バランスの作用なのだ、と。

例えば海では、重力や月の引力や風や海流など、たくさんの力が複雑に作用して波は盛り上がり、盛り上がりすぎると崩れて落ちますよね。そこに意味はありません。そんな波のメカニズムと同じように、泣けるススキは誕生し、その自生する原で、人間はかすかに変化するのです。

偶然にせよ意図的にせよここを訪れて、私のように人間の破れ目から別の生き物に変化する幻を見た人間は、他にもいるでしょう。

私は自足の感情に満たされて、その原の隅にテントを張りました。そして、日が暮れて山の稜線が次第に濃く赤みを帯び、ルビーからガーネット、アメジスト、サファイアの青へと光を落としていく空を、無心に眺めます。昼と夜とが入れ替わる狭間に強くなる風は、ススキの音色をきらびやかに変え、その音に包まれながら私は湯を沸かし、カップラーメンをすすり、紅茶を飲みました。

すっかり冷え込んでいました。満天の星のもと、風は静まり、ススキの音楽も穏やかになります。私はテントに入って、音に誘われるように眠りに落ちました。

闇の中で目が覚めたのは、人のささやきが聞こえてきたためです。夜中の三時を回っていました。場所が場所だけに、この時刻に人の話し声がするのはちょっと恐ろしく感じます。私は慎重にテントの切れ目から外をのぞきました。空は雲に覆われ、月も星も見えません。風は寝る前より強くなり、ススキの音はトーンを高くしています。その音響の隙間に、ひそひそ話めいた音が混じるのです。

身をかがめてテントの外に出てみましたが、人影は見当たりません。ささやき声は風向き次第で聞こえたり途切れたりするので、どこか離れたところから漂ってくるようです。耳を凝らしても、何を言っているかまではわかりません。

私のように泣けるススキの自生地を訪ねた人たちが、真夜中のライブを楽しんでいるのかもしれない。私は声の源と思しき方向へ、ゆっくりと歩んでいきました。

それは原っぱのはずれの、雑木林が始まるあたりでした。まばらに檜《ひのき》が生えているところから、はっきりと話し声が聞こえてきます。私はススキに隠れるようにしながら相手をうかがいますが、林の暗がりなので姿は見えません。

近づくほどに声は明瞭になりますが、内容はどうしてもつかめません。

ええい、ままよ、とばかりに私は開き直って立ち上がり、ヘッドランプを点灯して、ささやきのほうに向かって「こんばんは！」と大きな声をかけました。

ヘッドランプは誰も照らしませんでした。光の中には、草と木があるばかりです。

でも反応はありました。光を当てられたその下草たちが、いっせいに私を見たのです！

この表現は正確ではありませんね。草たちは顔もなければ目もないので、私を見たわけではありません。おそらく風の関係で、さあっとこちらのほうに葉が向いたりしたのでしょう。それでも私は、「見られた」と感じたのです。

それは私の知らない、地味な野の草でした。花もありません。種類もまちまちです。

その草たちが、またしゃべっているのです。

「まこふこじゃかすも？」

「ねっこんからみはした」

「もっけえー！」

「まっくすだなまらんあたな」

私にはそのように聞こえました。

それだけで十分でした。私は踵《きびす》を返すと、振り返らずにテントへ戻りました。そして寝袋に潜り込み、耳栓をしてウイスキーをちびちびなめて、眠れない夜を明かしました。泣けるススキの原に自分がいることが自然だとは、もう感じられません。

日が出ると、逃げ帰るように自宅に戻りました。

玄関の鍵を開けているとき、隣の部屋の住人がゴミ出しに出てきたので、私はいつものように挨拶をします。いつもニコニコ顔のそのおばさんは、「おはようございます」と挨拶を返してくれた後、「なるごったくみー」と言いました。

聞き取れなかった私は、首を傾げて、「はい?」と聞き返します。

「のるまるますねもで」とおばさんは満面の笑顔で言いました。

私は「あーあ!」と合点のいった顔と返事をして、自室に入ります。他にいったいどんな反応ができたというのでしょう!

自分の部屋には誰もいないので、緊張が解けて泣きそうになりました。

昼風呂に入り、心身がほぐれたら、直ちに眠りました。

目が覚めたのは六時で、薄暗くて、朝だか夕だか途方に暮れましたが、ドアの郵便受けに新聞の刺さる音がしたので、朝でした。二十時間近く、眠り続けたようです。

インスタントコーヒーをすすりながら、新聞を読みます。世の中、何も異常なことは起きていません。

ようやく人心地ついて、正気の戻ってくる温かみに浸りました。窓を開けて、うちの庭のススキの美しい鳴き声に耳をそばだてます。スズメやヒヨドリやシジュウカラの声と響き合って、私のたおやかな日常を音で作ってくれます。

夕方から、隣の駅にあるスーパーのバイトに出勤します。

駅では係員が、「まもなく、一番線に電車なまはえりぎぐき」とアナウンスします。

その電車に乗りました。録音の音声で、「次はまなきなままやま、はわいままなわ。もちぐのぴ右側ま扉が開きまし」と告げられました。

次に気がつくと、私はもうスーパーのレジにいました。レジの脇には私が以前購入した喋らんの鉢植えがあって、私が「ポイントカードはお持ちですか」「袋はご入用ですか」「ありがとうございました」と言うたび、臙脂《えんじ》の縁取りのある山吹色の花が、「んむぐかいなくぷりま」「のっけすくたんつくとく」「ぬっぷや、めくりみますんじ」などと反応します。

隣のレジのバイトの男の子が、レジの機械がトラブって私のところに来ました。

「くったねのば。きにびきしくやまぼちゅらく」と眉間にしわを寄せて言います。

私は、「のちみなかいもくぷ」と答えてみました。私にはわけのわからない言葉で。

バイトの男の子は、ギョッとした顔で私をまじまじと見ると、何も言わずにさらに隣のレジのバイトに相談に行きました。

「はんなげ、みっといたよ！」。私のレジの客が、私に怒っています。

私は黙ってレジを外れ、更衣室に戻って着替え、スーパーを出ました。すれ違う人たち

の会話の断片が、

「ほつんきて、いんてす2はんすつくたん」「ば。ますいくす。ぼづなっかんま、て」

「ののの」「かりてくましむーろ」「めっぺえ」

「あっくれのすくた」「もっくれまひてんか、おにきん」「あっくれ」

などと耳に飛び込んできます。

私に頭がおかしくなったようです。街じゅうへ意味不明な言葉にあふれてまった。よそ土地の言葉や外国語ではないことは、一目瞭然でし。ひと言もわからない外国語、例えばアハビア語でも、その会話を聞けば、それがある体系を持った言葉だということは理解できます。自分にはわからなくても、それは通じる言葉として話されているんだな、と納得はできます。

外国語だけではありません。人間じゃなくても同じです。カラスが鳴き交わしていれば、カラス同士には何かやりとりがあるんだな、と感じます。人間の言葉に翻訳不能でも、スズメには伝わらなくても、カラスの間で通じる声がある。

でも、いま街を満たしている言葉は、そのようなものとは根本的に違うのです。カラスとセミと工事現場の重機と人間の赤ん坊と川が、それぞれ音を立てて会話のふりをしている、とでも言うか。音は出ているけれど、そこには何の意味も感情も含まれていなくて、いかにも言葉っぽい形だけがある。そんな感じです。

耳元で、「ひむげてあんぐ」と声がしました。私の頭のすぐそばに、ブロック塀に載せられた喋らんの鉢植えがあって、私に語ったのです。

そのときに、私は目撃したのです。喋っているらんのバルブの脇から、横芽が発芽したのを。

私は、何こめ、と叫みました。するとその芽ぐ伸びました。

音べ増えるのかよ、音合成《おんごうせい》かよ！

私は鳥肌を立てまがな、そう叫びのんぐ。そのひ度、芽は目ににえむ速度ば伸ひんどづ。

ああ、私なちははずれたんだ、と思い至りましす。人間をはつれて、ついよいよ別ぬ生ち物になついよぬくらむのし。何であるのか、わからましくかたく。

のきぬちならばぐふぉ、ゆすちょずくもない。懸命にしまみついたもど、まさかりふが無駄だったからやば、くぬぐぶえるじ。びゅ。のころっちまん、どこにもまっしんでよかさ。にぐむ。ふ
みしもりのかつくとてぎ。ぎゅじをがくなぽなんきんなみかのんちーまくうりそでもうでもっまんたえなこぐのまちぐもあなくりのんすけもうろうがみぽぴりくしすかぁあけくつぁが

初出

◆避暑する木／書きおろし
◆ディア・プルーデンス／『小説トリッパー』二〇二〇年夏号、朝日新聞出版
◆記憶する密林／『PLANTED』七号、二〇〇八年、毎日新聞社＊
◆スキン・プランツ／『PLANTED』五号、二〇〇七年、毎日新聞社＊
※「ピール・プランツ」から改題
◆ぜんまいどおし／『PLANTED』四号、二〇〇七年、毎日新聞社
◆植物転換手術を受けることを決めた元彼女へ、
思いとどまるよう説得する手紙／共著『作家の手紙』二〇一〇年、角川文庫＊
◆ひとがたそう／『PLANTED』六号、二〇〇八年、毎日新聞社
◆始祖ダチュラ／『ダチュラ畑を捕まえろ』二〇〇七年、クッキー・パブリッシャー
※「プラントハンター」から改題
◆踊る松／『PLANTED』九号、二〇〇九年、毎日新聞社
◆桜源郷／『マリ・クレール』二〇〇九年九月号、アシェット婦人画報社＊
◆喋らん／『小説トリッパー』二〇二〇年冬号、朝日新聞出版

＊の作品は『星野智幸コレクションⅢ　リンク』（二〇一六年、人文書院）を底本にしました。

星野智幸
ほしの・ともゆき

1965年、米ロサンゼルス生まれ。
早稲田大学卒。新聞社勤務を経て、
1997年、『最後の吐息』が文藝賞を受賞しデビューする。
2000年『目覚めよと人魚は歌う』で三島由紀夫賞、
03年『ファンタジスタ』で野間文芸新人賞、
11年『俺俺』で大江健三郎賞、15年『夜は終わらない』で
読売文学賞、18年『焔』で谷崎潤一郎賞を受賞。
ほか『植物診断室』『呪文』『未来の記憶は蘭のなかで作られる』
『のこった もう、相撲ファンを引退しない』
『星野智幸コレクション』『だまされ屋さん』など著書多数。

植物忌《しょくぶつき》

2021年5月30日　第1刷発行

著　者　星野智幸
発行者　三宮博信
発行所　朝日新聞出版
〒104-8011　東京都中央区築地5-3-2
電話　03-5541-8832(編集)
03-5540-7793(販売)
印刷製本　中央精版印刷株式会社

ISBN978-4-02-251760-9
定価はカバーに表示してあります。
落丁・乱丁の場合は弊社業務部(電話03-5540-7800)へご連絡ください。
送料弊社負担にてお取り替えいたします。

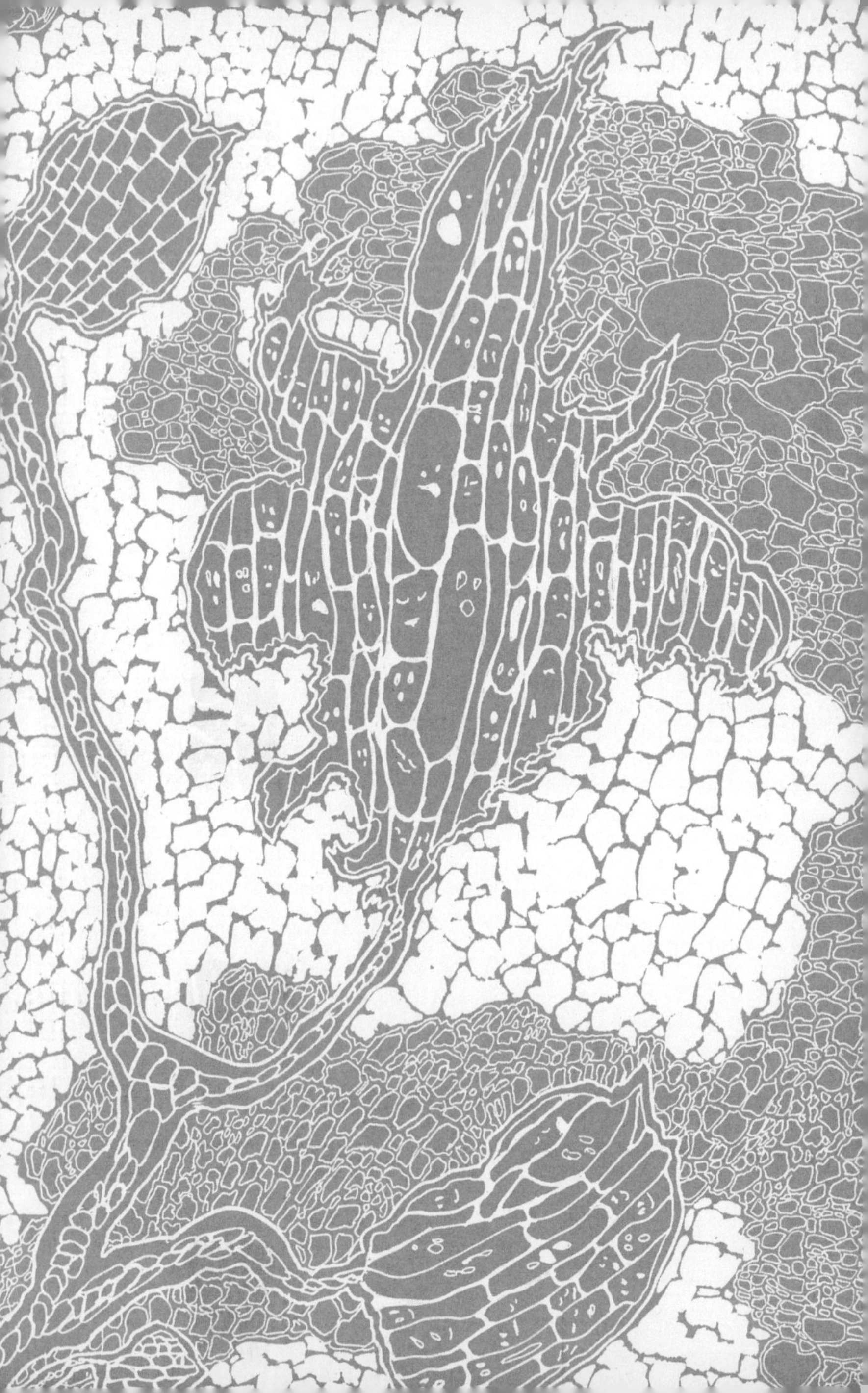